Zeit zwischen Nacht und ein Tag

Die Enkelin sitzt am Sterbebett der Großmutter: „Weiß du noch...?"Vielleicht hat Erzählen eine heilende Wirkung? Auch die Tochter erinnert sich an Kindertage. Angesichts des bevorstehenden Abschieds, überlagert von familiären Alltagskatastrophen, brechen alte Wunden auf. Über drei Generationen hinweg spannt sich der Bogen. Vom Zweiten Weltkrieg bis hin zum wiedervereinigten Deutschland und in die Gegenwart. Ein Tag der Erinnerung, der Vergangenheitsbewältigung. Und immer geht es auch um das Kind: Das verlorene, das ungeborene, das ungewollte, das Wunschkind.

.

Christiane Schlenzig lebt heute in der Oberlausitz bei Bautzen. Sie schreibt Erzählungen, Romane. Veröffentlichungen in Anthologien und bei Literaturwettbewerben, 2008 „Wer die Wahrheit spricht ...", 2009 „Mauerstücke-Erinnerungsgeschichten", 2012 Debütroman „Flügel zitternd im Wind", 2014 „Zeit zwischen Nacht und Tag" 1. Auflage, 2016 Erzählband „Kraniche im Ruderflug" 2017Roman „Wenn jede Stunde zählt".

CHRISTIANE SCHLENZIG

Zeit zwischen Nacht und Tag

Roman

Neue überarbeitete Auflage

Bibliografische Information durch die
Deutsche Nationalbibliothek:
Die Deutsche Nationalbibliothek verzeichnet diese
Publikation in der Deutschen Nationalbibliografie;
detaillierte bibliografische Daten sind im Internet über
http://dnb.dnb.de abrufbar.

© 2019 Christiane Schlenzig

www.christiane-schlenzig.de

Herstellung und Verlag: BoD –

Books on Demand, Norderstedt

© Umschlaggestaltung, Uta Schlenzig, Leipzig

ISBN 9 783748 126 591

8,90 Euro

Wer die Geschehnisse und Leidenschaften
seiner Zeit nicht teilt, dem wird man
nachsagen, er habe nicht gelebt.
Edward Kennedy

Den Meinen an allen Orten,
wo immer sie sein mögen.

Prologe:

Die Großmutter

I

Es ist dunkel.
Ich versuche mit beiden Armen mich gegen das Holz zu
stemmen. Jede meiner Bewegungen ruft in mir ein Echo
hervor, wie zitternde, gekräuselte Ringe auf einer Wasser-
fläche.

Ich falle und falle und falle …

Ob ich schreien soll? Doch wer glaubt schon an Stimmen
aus der Tiefe?
Wenn all die Trauernden ihren Sand geworfen haben,
dann wird mein Schrei im Holz hängen bleiben.
Erde zu Erde, Asche zu Asche, Staub zu Staub …

Aber ich lebe noch! Ich will erzählen.
Lasst mich reden. Ich will erzählen.

Jetzt.

Jetzt werde ich erzählen.

Fluchtlinien

Die Sirene eines Rettungswagens heult. Im Seitenspiegel des Taxis sieht sie das Blaulicht. Alter Angstschweiß kriecht in ihr hoch: Ein schreiendes Kind. Die tote Mutter unter den Trümmern des Zuges. Damals entgleiste am späten Nachmittag in der Vorstadtsiedlung ein Schnellzug. Der Zugführer, wie es später in den Zeitungen hieß, war mit überhöhter Geschwindigkeit durch den City-Tunnel gerast. Sie hatte das wimmernde Kind dem Sanitäter übergeben und der Mutter die starren Angstaugen zugedrückt.

Dann musste sie weiterhasten. Ein Polizist zog einen jungen Mann unter einem Waggon hervor, sein Bein war eingeklemmt und er hatte mehrere Verletzungen am Kopf ..., schlimmste Erinnerungen an ihren ersten Notfalldienst, lange zurückliegend, und doch, beim schrillen Geheul einer Sirene ist das Grausen wieder gegenwärtig.

Jetzt sitzt sie, eingeklemmt zwischen wartendem Blech, im Taxi, atmet tief ein und aus, um sich zu beruhigen. Der Taxifahrer ist auf den Randstreifen gefahren. Minuten kommen ihr wie Stunden vor.

Ein Popsong dröhnt aus dem Autoradio.

„Können Sie die Musik vielleicht etwas leiser …?
Vielleicht könnten Sie aus der Autokolonne aus-
scheren? Taxifahrer müssten doch Schleichwege
kennen!", ruft sie nach vorn.

Der Taxifahrer pendelt mit Kopf und Schultern
im Rhythmus der Musik und bleibt stumm.

Die Autokolonne rollt ein kleines Stück voran.
Ungeduldiges Hupen, und wieder Stopp.

Tatsächlich hat der Fahrer die Musik jetzt leiser
gedreht.

Sie kramt nervös in der Handtasche nach dem
iPod, das ihre Tochter ihr zum Geburtstag geschenkt hatte. Wie geht das mit der Bedienung …
Drück auf die Mitteltaste, um die Wiedergabe zu
starten oder zu stoppen. Drück auf die äußeren
Tasten, um vor- und zurückzuspringen oder um
die Lautstärke anzupassen …

Sie tippt hastig auf den Tasten herum.

Kopfhörer. Tastendruck. Musik im Ohr …

Mozart.

Ihr gelingt ein Lächeln.

Großmutters Lieblingsmusik, hatte die Tochter
gesagt, und schmunzelnd den Zeigefinger erhoben: Wenn du die Musik hörst, duftet es nach

Apfelkuchen. Ihr kommt der Geruch von Mandeln und Zitronat in die Nase ..., die Erinnerung an das erste Weihnachten in dem kleinen Haus am Wald, an den ersten eigenen Weihnachtsbaum und das Westpaket mit den Backzutaten.

Vater hatte der Mutter einen Plattenspieler geschenkt, dazu eine Schallplatte: Mozarts kleine Nachtmusik. Sie sieht ihn, wie er die Schallplatte aus der Hülle holt, genau darauf achtend, dass er die Platte beim Auflegen nicht mit den Fingern berührt. Wie er die Nadel mit dem Zeigefinger in die Rille senkt. Ein kurzes Knistern bevor die Violinen erschallen ...

Im Frühjahr zweiundfünfzig hatten die Eltern ein kleines Haus zugewiesen bekommen. Das schiefe Haus, so nannten es die Dorfbewohner. Die Tür hing verzerrt in den Angeln und die Fensterläden klapperten in ihren Haken.

Die Geräusche der Stadt waren verschwunden, es gab das Wäldchen, einen Acker hinter dem Haus, den Dorfteich und einen kleinen Konsum, in dem man vom Waschpulver bis zum Brot alles kaufen konnte. Brotmarken, die die Frau hinter dem Ladentisch mit einer Schere abschnitt, in ein Holzkästchen fallen ließ, mit der Bemerkung: Ihr

Flüchtlinge esst uns noch die Haare vom Kopf.
Die Bedeutung der Worte begriff sie damals noch
nicht.

Das Dorf bestand aus Kriegswitwen, deren
Kindern, einem humpelnden alten Mann, dem die
Vorderzähne fehlten, und einem stämmigen großen Herrn, der von den Besatzern zum Bürger-
meister ernannt worden war. Der Vater, als einer
der ersten Heimkehrer, wurde im Schnellverfah-
ren zum Neulehrer ausgebildet. Er unterrichtete
die Dorfkinder zunächst im eigenen Wohnzimmer.

Das Haus habe einer alten Frau gehört, sagte
man, ... einer Hexe, behaupteten die Dorfkinder.
Sie hätte schauerliche Dinge hervorgezaubert und
Menschenfleisch gegessen.

Wenn sie des Abends in ihrem Bett lag, die Nach-
tischlampe an der Wand Schatten warf und die
Fensterläden klapperten, sah sie die Hexe neben
der Tür hocken, ihr Kopftuch flatterte. Die Hexe
trat ins Licht, um dann wieder im Dunkel zu verschwinden, einmal, zweimal – immer und immer
wieder. Sie rief nach dem Vater, saß im Bett, hatte
das Nachthemd über die angewinkelten Beine
gezogen: Die Hexe, und zeigte zur Zimmertür,

wo ein Stück Tapete von der Wand herunterhing. Der Vater setzte sich zu ihr auf die Bettkante: Du siehst aus wie ein ängstliches Paket, sagte er, und behauptete, dass es überhaupt keine Hexen gibt; hielt ihre Hand, bis sie eingeschlafen war.

Als die Eltern sich etwas Geld erspart hatten, wurden die Wände neu tapeziert, und die Hexe war verschwunden. Sie vergaß die Menschenfleisch fressende Frau. Die Furcht vor der Dunkelheit blieb.

Wenn sie über abgetretene Steinstufen in den Keller geschickt wurde, um Kartoffeln zu holen, durch das schummrige Licht einer Glühbirne stapfte, die Angst vor Mäusen, Spinnen, Ratten im Nacken. Wenn sie mit der Schaufel auf die halb verfaulten Kartoffeln klopfte, um die Käfer und das andere Getier zu verjagen, glaubte sie, ihre Mutter sei eine Stiefmutter.

Nur Stiefmütter schicken ein Kind in das gespenstische Dunkel ...

Sie hatte ihren Rucksack gepackt, sich aus dem Haus geschlichen und suchte im Wald eine Stelle, an der sie vollkommen geschützt war. Jeden Baum, jeden Strauch hatte sie überprüft, bevor sie sich einen Unterschlupf baute. Der Wind strich über die Sträucher. Geschickt hatte sie ein paar entwurzelte, vertrocknete Büsche beiseite geschoben. Die jungen Kiefern boten ihre Nestwärme an. Sie musste aufpassen, dass niemand folgte – etwa Uwe und Irmgard, die sich manchmal in dem Waldstück hinter dem Haus mit dem schiefen Dach aufhielten (was sie wohl dort stundenlang taten?). Zwei, drei Schritte – groß genug für eine Schlafstätte. Sie lief gebeugt mit lauschenden Ohren und weit aufgerissenen Augen, um jedes Geräusch und jeden Schatten wahrzunehmen.

Hier würde sie in Zukunft wohnen, so hatte sie es beschlossen. Sie wäre unsichtbar, plötzlich wie vom Erdboden verschluckt ...

In Rufweite schon: Sie wollte hören, ob die Eltern im Garten nach ihr suchen, oder im Wald. Vielleicht die Mutter? Am Abend der Vater? Vielleicht würden sie weinen, laut schluchzen: Unser Kind, wo ist unsere Karin ...

Doch wenn es draußen dunkel wurde, nahm sie Rucksack und Taschenlampe und pilgerte zurück, schlich sich in ihr Kinderzimmer als wäre nichts gewesen. Ein Tagtraum nur.

Wenn sie im Haus allein war, die Eltern bei Freunden eingeladen; spät am Abend nach Hause kamen. Wenn der Wohnungsschlüssel ins Schloss geschoben wurde, wenn sie den Lichtstreifen unter der Tür sah, sie die Mutter lachen hörte, den Vater hüsteln. Wenn auch der Vater nicht zu ihr ins Kinderzimmer schaute, dann glaubte sie, man habe sie als Kleinkind am Straßenrand aufgelesen, oder in einem Kinderheim käuflich erworben.

Waren die Eltern im Schlafzimmer verschwunden, dann hörte sie die Mutter leise kichern, den Vater stöhnen, das Ehebett knarren. Ihr war, als wäre sie einem Geheimnis auf der Spur.

Über Leidenschaft, Erotik, Sex wurde nie gesprochen. Sie stellt sich die Situation ihrer Zeugung vor ... 1948.

Ein kranker Soldat kommt aus der Gefangenschaft und findet seine junge Frau in einem Schulgebäude im Mecklenburgischen wieder, einer Unterkunft für Flüchtlinge.

Du riechst nach Krieg ..., ihr Geruchssinn war überdurchschnittlich ausgeprägt.

Liebe? Eine fast verkümmerte Lebenskraft musste sich neu orientieren.

Die Welt, in der sie gezeugt und in die sie hinein-
geboren worden war, war eine Zeit der Sorge.
Sorge um Nahrungsbeschaffung und Überleben.

Die Mutter hatte auf dem Schwarzmarkt nach
und nach das Familienerbe: Silberkettchen, einen
Diamantring, ihren goldenen Armreifen, zuletzt
den Ehering gegen Lebensmittel eingetauscht.

Karin erinnert sich an das Lagerfeuer auf dem
Stoppelfeld hinter dem Haus, sie saß im Schnei-
dersitz auf borstigem Gras, ihre Augen brannten
vom Qualm. Sie sah die Hexe in den Flammen,
sah ihr erdbeerrotes Haar, und wie sie in dem
Feuer herumwirbelte. Sie schmeckte die holzkoh-
ligen Kartoffeln, die der Vater bei einem Bauern
erbettelt hatte. Die Kartoffeln wurden auf einen
Holzspieß gesteckt und über der Glut gegart.
Wenn die ersten Sterne am Himmel leuchteten,
fing Vater an, das Lied vom Mond zu singen.

Wenn ein Lied in dir ist, die Verse, die Melodie,
dann kannst du dich daran festhalten, egal wo
auch immer du bist, sagte er, und sang die letzte
Strophe, den Vers vom Gott, der uns von Strafen
verschonen soll, besonders inbrünstig … Er
sprach vom Krieg, von Soldaten sprach er – fast
Kinder noch –, wie sie auf dem Feld zusammen-

gesackt waren, abgeschossen wie Tiere. Wenn sein Tränenfluss in vollem Gange war – sie konnte es an seiner Stimme hören, die in den Tränen zu ersticken drohte. Wenn sie das Zucken auf Mutters Stirn im Licht der Flammen sah, ihr Gesicht, das plötzlich zerknittert und alt schien, dann konnte der Vater binnen Kurzem alles abschütteln und die Schatten aufhellen.

Er hob enthusiastisch die Arme gen Himmel: Kinder ist das Leben schön! Und zauberte aus seiner Jackentasche eine Tüte bunter Bonbons, die er am Monatsende für die übrig gebliebenen Zuckermarken gekauft hatte.

Indem sie die klebrige Masse in der Hand hielt und daran lutschte, sah sie ihre Eltern, wie sie sich küssten, sich auf dem Boden wälzten, Rücken und Beine und Haare mit Stroh gespickt. Und sie war unsicher, wie sie das finden sollte.

„Hey, junge Frau, ihr Handy klingelt!" Der Taxifahrer hat seine Stummheit für einen Moment abgelegt.

„Hören Sie das nicht?"

„Oh … ja", sie zieht die Ohrstöpsel heraus:

„Hallo? Ja, ich bin unterwegs. Wir stehen im Stau … Ich komme so schnell wie möglich …, nein, bitte nicht intubieren. Kein Morphin. Bitte warten Sie damit!"

Dann wählt sie Andreas Handynummer, doch da meldet sich nur die Mailbox.

Die Zeit verstreicht, ein Krankenwagen schlängelt sich mittig durch die wartenden Autos.

In ihrer Verzweiflung greift sie wieder zu den Kopfhörern. Inzwischen ist die Musik auf die *11* gerutscht: *Liebe ist alles* ... Rosenstolz säuselt ihr ins Ohr.

Sie schließt die Augen, sieht sich auf dem Fußboden bei ihren Puppen sitzen. Musik dröhnte aus dem Radio, die Eltern tanzten miteinander – einfach so, mitten im Wohnzimmer – am helllichten Tag. Tisch und Stühle beiseite geräumt, lachend, locker, leicht, fröhlich. Sie hoffte in ihrer dunklen Ecke, dass endlich ein Kind entstehen möge. Wenn die Eltern sich sehr lieb haben, bekommen sie ein Baby, hatte die Banknachbarin ihr in der Schule zugeflüstert.

Sie wünschte sich eine Schwester, sie hätte auch einen Bruder genommen. Jemanden mit dem man im Haus laut sein kann, Kissenschlachten machen oder im Garten im Kirschbaum sitzend, Kirschkerne um die Wette nach unten spuken.

Wenn der Vater seine Mahlzeit in sich hineingestopft hatte, vom Tisch aufgestanden war, eilig nach der grünen Wetterjacke gegriffen hatte: Warte nicht mit dem Abendessen, es kann heute spät werden ..., blieb die Mutter in apathischer Haltung vor den Trümmern des Mittagessens sitzen. Wenn sie im Tee rührte, zu heftig und zu lange, dann kam eine gesteigerte Geschäftigkeit über Karin. Sie fing an, ein Lied zu trällern, oder wie ein Clown im Zirkus eine Lachnummer vorzuführen: Mama, schau mal, sie hielt sich die Nase zu und wedelte mit dem linken Arm. Schau einmal, wie ein Elefant mit dem Rüssel wackelt.

Warum tat sie das?

Vielleicht ... Vielleicht war sie schon im Mutterleib hungrig – hungrig nach Zuwendung und Liebe?

Krieg ... wenn sie die Mutter danach fragte: Nun ja ..., und das hörte sich manchmal an, als wollte sie etwas erzählen, aber das tat sie nie.

Kam die Mutter am Abend an ihr Bett, sang leise ein Kinderlied, hatte sie das Gefühl, sie singt für jemand anderem. Die Hand der Mutter auf ihrem Haar fühlte sich an, wie ein zu kurzes Betttuch, manchmal wärmte es, ein anderes Mal zitterte sie darunter vor Kälte.

Erinnerungssequenzen, abgerissene Einzelheiten, die plötzlich schwanken, kippen, und ineinanderfallen.

Mit jenem heißen Sommertag einundsechzig — sie hatte einige Tage zuvor zwölf Kerzen auf ihrer Geburtstagstorte ausgepustet – hatte sich etwas in ihr verändert …

Wenn man vom Dorfteich Stimmen hörte, Kreischen, Lachen. Vom Uferweg, hinter dem Gesträuch, an der kleinen Ausbuchtung, die man Strand nannte. Wenn die Kinder barfuss über stachliges Gras, über die Pfade der Ameisen hin zum braungelben Wasser liefen, zum Steg, der immer vermodert roch. Wenn sie bis zu den Hüften im schlammigen Nass stand, umflitzt von Plötzenschwärmen.

Wenn die Jungen vom Sportplatz kommend, die Sportsachen ins Gras warfen, um zum Teich hinter den Mädchen herzulaufen. Wenn sie sie mit Wasser bespritzten, immer mit dem Versuch, deren Köpfe unter die Wasseroberfläche zu drücken, dann fühlte Karin sich wie eine Schildkröte ohne Schild, schutzlos den Spielgefährten ausgesetzt. Sie schniefte, prustete, vergaß das Atmen und wollte sterben.

An einem dieser Tage war es gewesen … Leo – ein Jahr jünger als sie, er hatte rote Haare, Gesicht und Rücken waren mit Sommersprossen übersät. Leo hatte im Wasser ihre Hand genommen, sie ans Ufer gezogen, dorthin, wo die Knallerbensträucher besonders dicht standen. Er hatte sie mit großen blauen Augen angeschaut: Ich liebe dich.

So wie die heiße Mittagsluft fast alles Leben zum Stillstand brachte, so auch ihr Herz für den Augenblick eines Wimpernschlages. Nicht, dass sie in Leo verliebt gewesen wäre, es waren diese drei Worte …

Ihr kam es vor, als würde die Wiese Wellen schlagen, sanfte, langsame Wellen. Sie lief mit Leo den Hang hinauf, sie kullerten sich lachend herunter. Ein Drehen, immer und immer wieder, die Welt stand Kopf, alles war von oben nach unten gekehrt, alles wirbelte durcheinander. Ein Blick in die Wolken, Atem holen und das Gras aus dem Haar sammeln …

Auf ihrem Handrücken ein Marienkäfer, sie berührte ihn mit dem Zeigefinger. Der Käfer hob seine Flügel und flog davon.

An diesem Tag schlich sie sich am Haus vorbei, zu den Krüppelkiefern in die Sandgrube.

Geschützt vor den Blicken der Eltern, schaute sie in den Himmel, hörte das Schniefen der Igelfamilie, das Wuchern ihrer Phantasien. Ich liebe dich, die Worte blieben in ihr hängen, sie kapselte sie ein, wie die Muschel, die ihre Perle im Schlamm versteckt.

Sie dachte an die Personen in ihren Büchern: Man konnte durch Umblättern dem glücklichen Ausgang näher kommen.

Sie fror nicht mehr unter der Bettdecke. Sie sah den Mond und die Sterne im Fensterquadrat und lächelte ihnen zu.

Einmal noch war sie Jahre später in das Dorf gefahren, hatte nach dem Dorfteich gesucht und den drei Worten … Hier ist kein Teich, sagte man ihr. Eine alte Frau erzählte, es hätte einen Tümpel gegeben, in dem sei damals ein Kind ertrunken. Man habe ihn zugeschüttet.
Sie sah eine Betonfläche, auf der Autos parkten und erkannte nur vage noch den Kullerhang, das Grün der Wiese war verschwunden. Einfamilienhäuser funkelten im Sonnenlicht.

Später sind sie sich einmal ganz nah gewesen …, die Mutter und sie. Sie hatte in Mutters Armen gelegen, den Duft ihres Haares geatmet und eine salzige Feuchtigkeit auf der Wange gespürt. Es war an jenem Abend, als das schwarze Auto abgefahren war und sie mit ihrer Mutter allein unter dem Vordach des Hauses stand, die Abgase des Wagens noch in der Nase.

Sie hatte die schriftlichen Abiturprüfungen hinter sich gebracht und mit den Freundinnen in einer Kneipe gefeiert. Sie war mit dem letzten Bus aus der Stadt nach Hause gekommen: Da sah sie das Auto vor dem Haus, ein schwarzes Auto.

Sie stand neben dem Fliederstrauch und schaute auf die hell erleuchteten Fenster des Wohnzimmers. Es begann zu regnen, langsam wurde es dunkel. Es regnete so heftig, dass, wenn sie blinzelte, das Wasser von den Augenlidern spritzte. Sie fror. Ihre Schultern zitterten.

Als sich endlich die Haustür öffnete und zwei Herren in dunklen Lederjacken mit dem Vater ins Auto stiegen, als sie das Auto davonfahren sah, da geschah es ...

Mutters Stimme schluchzte an ihrer Schulter: Mein Max, mein armer Max. Beim Abendessen erzählte sie, man habe ihm vorgeworfen, dem Nachbarn zur Flucht verholfen zu haben. Zur

Flucht, über die Grenze in die westliche Hälfte Deutschlands. Er habe die Gedanken geäußert, man könne dort freier leben.

Schon das wäre strafbar, hätten sie gesagt, die Herren, und dass ein Neulehrer es hätte wissen müssen ... In Vaters Arbeitszimmer lagen Aktenordner auf dem Fußboden, der Schreibtisch glich einem Papiermüllberg. Der Freund habe ihm eine Handvoll Bücher gebracht, die das Prädikat der Staatsgefährdung trugen, so erzählte die Mutter. Die Herren hatten sämtliche Bücherregale durchstöbert und nach faschistischem Material gesucht.

Nach einigen Tagen bangen Wartens kam Vater wieder nach Hause. Drei, vier Wochen war er arbeitslos. Dann erhielt er eine Anstellung als Forstarbeiter. Er habe schon immer im Forst arbeiten wollen, sagte er, und dass er Forstwirtschaft hätte studieren wollen, der Krieg wäre ihm dazwischen gekommen ...

Etwas blieb wie ein spitzer kleiner Glassplitter am Rand seines Blickfeldes stecken.

Ihr Antrag zur Aufnahme eines Medizinstudiums wurde abgelehnt. Sie musste warten. Ein Jahr, ein zweites Jahr. Die Arbeit im Krankenhaus, eine gute Erfahrung. Und vielleicht hätte sie den Beruf der Krankenschwester wählen sollen, dachte sie später, als sie sich mit der Theorie des Medizinstudiums quälte, als sie in der Anatomie zwischen lauter Männern stand, einer so bleich wie der andere. Als der Professor anfing, den Bauch aufzuschneiden, sie weggekippt war, sich den Kopf an der harten Stahlkante des Obduktionstisches aufgeschlagen hatte, als sie vorerst vom Praktikum in der Anatomie suspendiert worden war.

Der Taxifahrer klopft mit seinen fleischigen Fingern wie ein Schlagzeuger auf dem Lenkrad herum.

Zwischen den wartenden Autos hindurch sieht sie Fahrradfahrer auf dem Kiesweg. Studenten, Schüler, einen Herrn mit einem E-Bike.

Sie hätte das Fahrrad nehmen sollen …

Wie wenn man umzieht und beim Auspacken plötzlich auf etwas Unerwartetes stößt, ist da Vaters Fahrrad. Er hatte sich aus vielen Einzelteilen, vom Schrottplatz und über Tauschaktionen, ein Fahrrad zusammengebaut. Irgendwann war ein kleiner Außenmotor hinzugekommen. Vater hatte freudig die Arme in die Höhe gehoben, als wolle er wieder sein Sprüchlein mit dem schönen Leben gen Himmel rufen. Ein Motor knatterte fortan an seinem Rad und trug ihn in Windeseile durch das Dorf.

Es musste im Winter dreiundfünfzig gewesen sein. Sie ging noch nicht zur Schule. Sie erinnert sich an Eisblumen an den Fensterscheiben. Der Kachelofen im Wohnzimmer wollte nicht richtig warm werden, Braunkohle war knapp, Holz musste ständig nachgelegt werden.

Von der Dorfstraße her hörte sie Panzerfahrzeuge vorbeidonnern. Die russische Armee hatte ein großes Zeltlager im Wald errichtet. Eine Truppenübung, nichts Ungewöhnliches. Sowjetsoldaten, sagte der Vater. Die Russen, sagten die Dörfler mit flatternder Stimme.
Russische Besatzungsmacht, sagten andere.
Vater meinte: Wenn du ihnen in die Augen schaust, siehst du Traurigkeit und Heimweh ...

Sie saß am Wohnzimmerfenster, hatte die Eisblumen von der Fensterscheibe gekratzt und schaute den Soldaten zu, die ihren nackten Oberkörper unter das eiskalte Pumpenwasser hielten. Die Pumpe, einzige Wasserquelle am Ort. Sommer wie Winter ein beliebter Treffpunkt für die Dorfbewohner. Nun hatten die Russen den Ort belagert. Ein Soldat bediente den Pumpen-schwengel, während der andere sich wusch. Sie bespritzten sich gegenseitig mit Wasser, trockne-ten sich dann mit kleinen grauen Lappen ab. Krebsrot die Oberkörper – ein dünnes Hemd – eine Uniformjacke – ein schwarzer breiter Gürtel. Sie wollte dem Vater erzählen, lief in die Küche.

Vorsicht, geh` zur Seite, das Wasser ist kochend-heiß.
Der Vater hatte einen Topf mit Wasser in beiden Händen und eilte an ihr vorbei nach draußen. Auf dem Gehweg stand sein Fahrrad.
Neugierig lief sie hinter dem Vater her. Es schien etwas nicht in Ordnung zu sein: Die Kälte hat das Öl-Gemisch hart werden lassen, sagte er.
  Neben dem Fahrrad standen russische Solda-ten. Unverständliche Worte krachten aufeinander. Die Uniformierten schauten zu, wie der Vater das kochendheiße Wasser über seinen Anbaumotor goss, dann trat er mit dem rechten Fuß auf eine seitlich angebrachte Kurbel, einmal, zweimal und der Motor sprang an. Die Russen lachten: Tech-nik gut, fahren mit Wasser! Vater schien plötzlich beim Sprechen Probleme zu haben: … du fahren, aufsteigen, ich halten. Er ließ den Mutigsten zu-

erst auf sein Fahrrad steigen, hielt ihn am Gepäckträger fest, der Russe fuhr einmal im Kreis herum, wackelte gefährlich mit der Lenkstange hin und her, schaute ängstlich konzentriert, die anderen lachten …

Plötzlich stand da die junge Frau aus dem Haus von Gegenüber, ihr langes, blondes Haar hielt sie unter einer Strickmütze versteckt. Nun hatte der Vater es eilig, stellte den leeren Wassertopf auf den Boden und hob die Frau auf den Gepäckträger: Er müsse zur Arbeit …, stieg auf sein Rad, winkte kurz, die Frau winkte auch.

Beide verschwanden mit knatterndem Motorengeräusch hinter einer Benzinwolke und der nächsten Straßenecke.

Das seltsame Blitzen in Vaters Augen hatte eine Fremdheit, die ihr Tränen in die Augen trieb. Etwas bisher Unbekanntes schmerzte in ihrer Brust.

Die Soldaten wiegten ihre Köpfe, lachten, riefen fremde Laute hinterher. Sie stand mit dem leeren Wassertopf in den Händen und schaute auf die blaue Dunstwolke. Ein Soldat strich ihr über den Kopf: *Malenkaja Djewuschka.*

Wo war die Mutter damals …?

Langsam löst sich der Stau auf. Der Taxifahrer hält sich am Lenkrad fest, als würde er mit zweihundert Stundenkilometern auf der linken Spur fahren. Doch er hat keine Eile. Sie sieht, wie die Tarifanzeige am Taxameter langsam die einstellige Zahl überschreitet, legt ihr iPod zurück in die Tasche und greift nach dem Handy wie nach einer tröstenden Hand. Fahr doch schneller, will sie nach vorn rufen.

Sie hätte das Fahrrad nehmen sollen.

Der Taxifahrer, so scheint es ihr, grinst spöttisch, als hat er ihre Gedanken erraten. Sie betrachtet sein kurz geschorenes Haar, den karierten Hemdkragen. Für einen flüchtigen Moment schaut er in den Rückspiegel.

Sie lehnt sich zurück und rutscht aus der Reichweite des Spiegels.

Er dreht am Radio:

... hier meldet sich der Verkehrsdienst, damit sie sicher und entspannt ankommen.

Sie muss ihrer Geduld Zügel anlegen ...

II

Ein Schatten folgte mir durch den Tag,
in jeder Nacht kauerte er vor meinem Bett,
wartete auf den Morgen, um sich wieder
an mich zu heften.
Sollte ich von dem Schatten erzählen?
Der Krieg, er hat seine Markierungen hinterlassen.

Es ist lange her und scheint doch wie gestern.

Sollte ich dich, meine Tochter, mit meinen
Erlebnissen erschrecken?
Und ihn, der so viel Leid schon erfahren?

Vielleicht war es falsch. Alles falsch.

Unzählige Fehler in einem einzigen Leben.
Wie viele Leben muss man haben, um in den Himmel zu
kommen?
Ich werde nicht zulassen, dass der Schatten sich an euch
heftet.
Lasst mich noch einmal ans Licht!
Ich werde erzählen, jetzt.

Andreas

Es war Montagabend. Er stand, wie an jedem Montag, mit dem Auto vor ihrer Praxis. Wo für gewöhnlich hinter hell erleuchteten Lamellen schattenhafte Gestalten hin und her hasteten – letzte Handgriffe vor dem Feierabend –, starrten ihn dunkle Fenster an. Oft war er hochgegangen, wenn es ihm zu lange dauerte, und hatte der Arzthelferin geholfen.

Update. Datensicherung. Computer herunterfahren ... Aber heute?

Ein dringender Hausbesuch? Doch dann hätte sie angerufen. Vielleicht hatte er das Telefon nicht gehört? Sein Handy lag unberührt im Schreibtischfach ... man könnte so etwas vielleicht doch brauchen?

Manchmal!

An diesem Montag zum Beispiel.

Er fuhr zurück, wartete mit dem Abendessen: Eine Stunde, zwei Stunden ... Er hätte sich an den Schreibtisch setzen können – vor dem ins Bettgehen kamen ihm oft gute Gedanken.

Zwanzig vor Zwölf räumte er den Abendbrottisch ab und ging ins Bett. Das Tigermuster auf der unberührten Bettdecke schien lebendig zu werden, wabberte hin und her, glotzte ihn an.

Da war es wieder, das Misstrauen …

Er konnte sich nicht dagegen wehren.

Irgendwann schlief er ein, träumte von ihren großen blauen Augen, die verliebt in ein Männergesicht schauten, das nicht ihm gehörte.

Am Morgen liegt sie neben ihm. Ihr Geruch, ihr Haar, ein dunkelbrauner Wasserfall auf dem Kopfkissen. Er atmet den Duft ihres Haares und ihm fällt ein, wie er – im zwanzigsten Ehejahr musste es gewesen sein – gefragt hatte: Wird dein Haar eigentlich grau, jetzt wo wir älter werden?

Zur Antwort hatte sie mit den Augen gezwinkert: Es gibt Friseure! Er dachte an Susi aus dem Herrensalon – Susi, mit ihren grasgrünen Strähnchen –, und zwinkerte zurück.

Nein, in dem Dunkelbraun ist kein Grau zu erkennen!

Er wühlt sein Gesicht hinein und genießt den kurzen Moment, bis sie die Augen öffnet.

Sie schaut müde, und stößt ihn zurück. Die Geste, mit der sie ihn abweist, hat etwas Entfremdendes, Endgültiges.

Der Gedanke an den gestrigen Abend, die Nacht, das Warten, bilden einen Kloß in seinem Hals.

Er wirft den Bademantel über und schwankt in die Küche. Er lässt die Kaffeegläser aneinanderklirren, als wolle er ein Duell vorbereiten. Espressokocher, Milchschäumer ...

Wo er sonst ihren vertrauten Geräuschen aus dem Badezimmer lauscht, die kurze Zeitspanne zwischen Latte Macchiato und ihrem Morgenblick genießt. Wo warme, kluge Augen – vermutlich finden auch Patienten ihre Augen schön –, wo diese Augen ihn über den Milchschaum hinweg anschauen.

Wo der Morgen ein Zeitraum ist, in dem die Uhr den Atem anhält, wo für einen Augenblick das Räderwerk stillsteht, er glücklich ist, mit sich, ihr und der Zeit.

Wo sie am Esstisch sitzen Seite an Seite. An dem Teakholztisch, den sie sich vor zehn Jahren gekauft hatten, als ihre Tochter ausgezogen war. An dem Tisch, wo er ihr in der knappen Zeit der Morgenstunden von dem Tennismatch am Nachmittag, oder dem Treffen am Stammtisch erzählt, fühlt er sich heute unsichtbar.

In den ersten Ehejahren arbeitete Karin im Kreiskrankenhaus als Stationsärztin.

Er war Wissenschaftlicher Mitarbeiter, Abteilung Forschung. Ein neues Computersystem sollte entwickelt werden. Experimentieren, neu entwickeln, wissenschaftlich arbeiten. Sein Alltag, ein Arbeitstag zwischen Anerkennung und Erfolg. Er ging in aller Frühe aus dem Haus. Eine Zeit, in der Schreibtisch – Esstisch – Bett, das Wichtigste unregelmäßige Dreieck seines Lebens bildeten.

Eine Zeit, in der es wenige Augenblicke für Privates gab, wenig Zeit für ein Miteinander. Eine Zeit, in der jeder seinen Alltag lebte.

Karin war die einzige Frau in der Internistischen Abteilung …

Nicht, dass er eifersüchtig gewesen wäre auf die Arbeitskollegen, die sich an sie zu heften schienen, wenn es galt, schwierige Fälle zu lösen. Nein, Frauen sind in manchen Dingen einfach besser.

Die halbjährlichen Internistenkongresse … Karin hatte sich für diese Tagungen gut vorbereitet – rein äußerlich. Sie hatte Garderobe gekauft, neue Kleider, neue Schuhe. Und eigentlich hätte er sich nichts dabei gedacht, wenn da nicht, am Abend der Heimkehr, das Leuchten in ihren Augen gewesen wäre. Ein fremder Duft auf ihrer Haut …

Etwas war anders. Zwei, drei Tage – dann, eines morgens roch er wieder Vertrautes. Normalität legte sich über alles. Bis das Ganze von vorn begann.

Die Tagungen fanden in der Woche statt, von Montag bis Donnerstag. Am Wochenende musste sie Dienst tun. Die Nachtdienste häuften sich ... Vielleicht ..., vielleicht war es so, vielleicht aber auch ganz anders?

Als sie an diesem Morgen in die Küche kommt, zum Kühlschrank geht, die belegten Brote herausnimmt, sie in die Brotbüchse einschichtet, spürt er ihre pragmatische Geschäftigkeit, mit der sie immer schon funktionierte, wenn es galt, ungute Situationen zu überspielen. Dabei ist er sich keiner Schuld bewusst. Man wird ja wohl nach Mitternacht schlafen gehen können!

Wie sie im Stehen hastig an ihrem Kaffeeglas schlürft, ist da eine Fremdheit. Ihr Gesicht, zugeschnürt wie ein Paket.

„Ich nehme das Auto!"

Sie greift nach den Schlüsseln vom Brett, er hört, wie das Metall aneinanderklirrt, zuckt zusammen.

Die Wohnungstür fällt ins Schloss.

Er geht ins Badezimmer, atmet das dezente Parfüm und denkt seiner Frau hinterher.

Wie wird ein Außenstehender sie wahrnehmen? Hüfte, Taille ... immer noch ein Echo ihrer besten Zeit. Sie könnte aufhören zu arbeiten, die Praxis einem Jüngeren überlassen. Vielleicht kann sie nicht aufhören, vielleicht braucht sie Bestätigung, die er nicht geben kann? Vielleicht ist es ihr einfach zu eng in ihrem Zuhause?

Er schaut in den Spiegel. Ein graumelierter Siebzigjähriger blickt zurück. In Fältchen eingebettete Augen, am Kinn hängt die Haut schlaff.

Im Sommer neunundsechzig hatte er Karin kennengelernt. Semesterschluss. Die Luft sirrte in der Mittagshitze. Andreas bepackte mit seinem Freund das alte Auto – Bernds Vater hatte es ihnen überlassen.

Es war reichlich unbequem in dem Gehäuse. Zeltausrüstung, Paddelboot, Gitarre versperrten dem Fahrer die Sicht. Egal, Hauptsache heraus aus der Stadt. Weit weg von Hörsaal, Professoren, Dozenten, von Formeln, Logarithmen und Arithmetik. Ein See. Ein Fluss. Ein Campingplatz.

Er hatte die Landkarte auf dem Schoß, Bernd hatte alle in Frage kommenden Ziele mit Rotstift angekreuzt. Doch es war Hochsaison. Sie fuhren in einer Abgaswolke auf dem dampfenden Asphalt immer weiter gen Süden. Die Sonne brannte auf das Autodach. Irgendwo an einem Fluss im Zittauer Gebirge hielt Bernd an. Sie schälten sich zwischen Gepäck und Sitz aus dem Schwitzkasten, warfen die Klamotten von sich und sprangen ins Wasser.

Sie lagen nackt und nass im Gras. Die Hitze, die in windlosen Augenblicken in Schwüle umschlug, vermittelte eine Stimmung, die zur Trägheit verführte.

Erst als die Büsche am Ufer des Flusses langsam die Hitze des Tages ausgehaucht hatten und am gegenüberliegenden Ufer die Sonne sich dem Horizont näherte, sprang Bernd auf, holte den Reiseatlas aus dem Auto und unterbreitete seinen Plan: Ins Tschechische solle es gehen. Campingplätze gebe es dort genügend. Sie fädelten sich wieder in das Auto und fuhren einem neuen Ziel entgegen.

Die Scheinwerfer gruben sich durch die Dämmerung. Dunkelheit kroch langsam aus den Leitplanken. Die Bäume rechts und links der Straße, dämonische Gestalten. Bernd umklammerte das Lenkrad, heftete seine Augen auf die Rücklichter eines alten Škoda, bis das Rot im schmutzignassen Grau einer Seitenstraße verschwand. Lange Autoschlangen vor dem Kontrollpunkt. Als sie endlich heranrollen durften und dem Beamten die Ausweise in das Fenster reichten, bange Minuten des Wartens. Studenten, so hieß es, wurden gnadenlos kontrolliert. Der Grenzpolizist winkte sie zur Seite, sie mussten aussteigen und über den Randstreifen zur Zollkontrolle gehen. Ein Polizeiauto riss mit seinen Scheinwerfern die Schatten von ihren Körpern und warf sie übergroß auf den Waldrand. Man tastete sie von oben bis unten ab. Bernd wurde ins Kontrollhäuschen gebeten.

Andreas durfte zum Auto zurückgehen. Sekunden einer Ewigkeit vergingen. Er schaute zum schwach erleuchteten Fenster der Baracke ...

Mit schaukelndem Gang, als hätte er sich in einer Bierkneipe volllaufen lassen, kam Bernd zum Auto zurück. Er winkte mit dem Schlüssel, setzte sich ans Steuer, das Auto machte einen kräftigen Ruck, Bernds Hände hielten krampfhaft das Steuer, vibrierten im Rhythmus des knatternden Motors. Sein Blick konzentrierte sich auf die Schlaglöcher der Straße, die vom Grenzkontrollpunkt ins Tschechische führte.

Später erzählte er von einem Visum, das sie benötigt hätten. Seit der Besetzung der Tschechoslowakei durch die Russen brauche jeder deutsche Staatsbürger ein Einreisevisum. Er habe seinen Vater anrufen können, der habe alles geregelt. Von den Geldscheinen, die er in die Sitzpolster des Autos eingenäht hatte, erzählte er erst, als sie am Ziel waren.

In jenem heißen Sommer landeten die beiden weit nach Mitternacht auf einem Campingplatz an der Talsperre des Lipno See. Der See, groß wie ein Meer – eine schwarze Metallplatte, auf der sich der Mond spiegelte.

Gitarrenmusik. Ein schönes Gesicht am Lagerfeuer, dunkle Augen, vom Flackern der Flammen erhellt. Augen, in denen er ertrinkt, ein Ineinandertauchen von Blicken. So hätte Andreas sich den Beginn einer Sommerliebe vorstellen können. Doch es kam anders …

Eine Polizeistation. Eiskalt flackerten die Augen eines Grenzpolizisten, der an einem Tisch saß, das klackende Tippen auf einer alten

Schreibmaschine unterbrach, um die Neuankömmlinge zu fixieren. Über dem Holztisch mit der Schreibmaschine schaukelte eine Glühbirne Licht auf die Tastatur. Die Fensterläden waren geschlossen, nur ein schmaler Spalt ließ weiße Mittagshitze in den Raum. Zwei Mädchen saßen in einer Ecke auf einer Bank. Teenies, so nahm er an, die ihren Eltern entwischt waren. Blaue Augen, aus denen Angsttränen kullerten. Unter einem Badehandtuch ein roter Bikini. Neben dem Rot saß eine Mollige im Badeanzug. Schwarzhaarig, blass. Einzig die stämmigen Beine leuchteten sonnenverbrannt, konkurrierend mit dem Bikinirot der Freundin.

Sie haben sich strafbar gemacht. Sie haben die Mitte des Sees überquert – die Grenze zu Österreich, so redete man mit leicht tschechischem Akzent auf die Jugendlichen ein. Die beiden Mädchen schienen diese Sätze schon mehrfach gehört zu haben. Die kleine Dicke hatte die Nase gekräuselt, den Blick angespannt, die Oberlippe hochgezogen, Augen wie große runde Kieselsteine, eine Bittstellerin gegenüber einem Polizeibeamten.

Der Grenzer schaute, als würde er die Mädchen von den wenigen Stoffteilen befreien wollen.

Stickige warme Luft schwebte im Raum. Andreas und Bernd wurden an die weißgekalkte Wand geschubst. Man tastete sie von oben bis unten ab. Wonach suchte man? In den Badehosen gab es kaum etwas zu verstecken.

Kleine glitzernde Schweißtropfen hatten sich auf Beamtenstirn und Nasenspitze gebildet:

Dokument! Sperrgebiet, Flucht, Kapitalist. Wortbrocken flogen durch Staubfahnen, die im Sonnenlicht tanzten.

Man war sich keiner Schuld bewusst, hatte sich sorglos auf klarblauem Wasser treiben lassen. Wellenplätschern. Windesrauschen. Sonne auf dem Gesicht. Ferien.

Am Abend schob ein Grenzsoldat Andreas und seinen Freund mit einer Armeeplane nach draußen: *Angaben werden überprüfen wir!*

... versuchte Republikflucht, ein Delikt, das mit Gefängnis geahndet werden konnte.

In der Nähe des Maschendrahtzaunes fanden sie eine Schlafstätte. Scheinwerfer warfen ihre Lichtkegel in regelmäßigen Abständen über das eingezäunte Gelände.

In unmittelbarer Nähe ein Dorf. Anheimelndes Licht in den Häusern. In Andreas Hirn tanzten rote Bikinifetzen, schaukelten fröhlich auf und ab. Dann wieder waren es Fahnen. Ampeln … Verbotsschilder.

Es war, als ob sich der Tag in die Nacht hinein-fraß.

Wie ein nasses heißes Handtuch, das man sich über das Gesicht legt, kündigte sich schon am Morgen die Hitze an. Was auch immer die Grenzsoldaten und deren Vorgesetzte dazu bewegt haben mochten, sie wurden mit dem Polizeiboot an das tschechische Ufer zum Campingplatz zurückgebracht. Am Horizont zog ein klares Licht auf, der See glitzerte in der Morgensonne, die Paddelboote schaukelten, angebändelt hinter dem Polizeiboot her.

Andreas saß neben der Schönen, ihr roter Bikini blitzte in der Morgensonne. Sie schaute geradeaus auf die dunkle Oberfläche. Vielleicht trafen sich ihre Blicke weit draußen auf dem Wasser oder kamen erst oben an einer Wolke zusammen … Karin.

Wochen waren vergangen, das neue Semester hatte gerade begonnen, er hatte Karin von der Uni abgeholt. Sie trug das rote enganliegende Etuikleid, das ihr so gut zu Gesicht stand, das sie jede Woche um etwa einen Zentimeter kürzte, weil die Minimode rasant von den Knien nach oben strebte. Er ging mit ihr in das kleine Café unweit des Universitätsgeländes, sie bestellten Milchkaffee und einen Eisbecher: Ich mag dich sehr, hatte er ganz spontan gesagt und überraschte sich selbst damit. Sie drehte verträumt eine Haarlocke um den Finger.

Er erzählte ihr, wie sie beide, sein Freund und er, nach dem Tag der Festnahme an der tschechisch-österreichischen Grenze, unabhängig voneinander nach ihr gesucht hatten. Wie er den Campingplatz abgelaufen war. Zelt für Zelt. Wie er sie plötzlich zwischen den Kiefernstämmen gesehen hatte. Sie trug den roten Bikini, ihr Haar zu einem Knoten hochgesteckt und hatte ein Handtuch über die Schulter geworfen. Er hatte sie mit seinen Blicken verfolgt, sich vor dem Duschraum in den Sand gehockt, einen kleinen Stock genommen, ihre Körperformen in den Sand gezeichnet und gewartet.

Dann warst du gekommen, hattest mir zugewinkt, hallo gesagt, mir lächelnd die Hand gereicht.
War Triumph in seiner Stimme? Hatte er eine Art Siegesrede gehalten?

Wir hatten eine Wette abgeschlossen, Bernd und ich. Es ging darum, wer dich wohl zuerst erobern würde. Ich habe gewonnen, und er hatte dabei den Daumen nach oben gereckt.

Ihre Brauen rückten wie zwei schwarzbuschige Raupen zusammen, die Augen funkelten: Na, ich hoffe, du hast von deinem Freund einen hohen Preis für mich erhalten ..., schlagartig hatte Karin das Café und ihn verlassen.

Er spült die Gläser aus, zum zehntausendsten Mal in ihrem gemeinsamen Eheleben. Ein Glas fällt krachend zu Boden und zerschellt auf den Fliesen. Spuren vom Lippenstift auf der Scherbe. Karin hatte sich das Latte-Macchiato-Glas von einer Mittelmeerreise mitgebracht: „Scheiße!"

Indem er ärgerlich nach Besen und Kehrblech angelt, hört er seinem Wortausbruch hinterher: Hat da eben seine Tochter aus ihm gesprochen?

Eigentlich müsste er seinen Tagesrhythmus ändern ...

Ein halbes Jahr später fand er Karin wieder. Es war März. Faschingszeit. Bunte Kostüme. Drei Tage hintereinander. Alle stürzten sich in das

Gewühl von Narren und Närrinnen. Kleopatra. Bernd hatte sie entdeckt. Traumfrau der Antike. Frau des Abends. Man spreizte sich voreinander, lachte, winkte Kleopatra zu, überschrie einander, erzeugte einen Lärmpegel, gegen den kaum jemand anreden konnte. Wieder galt die Wette: Kleopatra alias Karin zu erobern. Diesmal waren es der Kämpfer ein halbes Dutzend.

Er verließ das bunte Knäuel von Anbetern, deren Fäden sich zu verheddern drohten. Man zog und zerrte. Jeder wollte Cäsar sein.

Auf der Treppe, die zur Bar hinaufführte, hielt er inne und schaute zurück.

Eine schillernde, glitzernde Menge. Alles war in Bewegung, Salsa, Boogie … seltsame Verrenkungen, überall wippende Knie und zuckende Schultern. Er sah, wie sie sich bewegte, ihren Körper neigte, in der tanzenden Menge verschwand und wieder auftauchte.

Plötzlich schenkte sie ihm ihren Blick …

Er liebt sein zweites Frühstück. Also geht er wie an jedem Morgen nach unten, holt das Fahrrad aus dem Keller und fährt zum Bäcker. In seiner miesen Laune tritt er in die Pedale und ist so leichtsinnig, einem Lieferwagen die Vorfahrt zu nehmen, der Fahrer muss laut quietschend auf die Bremsen treten. Sein Rad rollt über den Asphalt, der Fahrer kurbelt das Fenster herunter und brüllt ihn an. Andreas hört ihn nicht mehr.

„Na, Herr Bachmann, wie immer? Ein Mehrkornbrötchen, zwei Mohnbrötchen?"

Die Bäckersfrau scheint seine düstere Miene nicht zu bemerken, sie reicht ihm den Brötchenbeutel über den Ladentisch: „Schönen Tag auch!"

Als er in den Ahornweg einbiegt, muss er scharf bremsen. Auf dem Radweg stehen Schulkinder. Obwohl er heftig klingelt, geben sie die Fahrbahn nicht frei. Er muss so stark stoppen, dass die Brötchen auf der Straße landen. Mit letzter Mühe kann er noch einen Sturz verhindern:

„Seid ihr denn verrückt geworden! Ihr befindet euch auf dem Radweg!"

Drei Kampfhähne, die ihren Sieger noch nicht ermittelt haben.

„Fick dich, Alter", brüllt einer der Jungen.

Andreas sammelt die Brötchen ein und denkt den Schimpfworten hinterher.

Wissen die, was sie sagen?

Als er an der Wohnungstür nach seinem Schlüssel kramt, hört er drinnen das Telefon klingeln.

Er schließt auf, der Brötchenbeutel fällt ein zweites Mal auf den Boden. Andreas stürzt zum Telefon. Der Hörer liegt, wie so oft, nicht auf der Feststation. Er sucht, flucht und findet. Irgendwo unter Zeitschriften ist der Hörer versteckt.

„Hallo, Papa! Kann ich Mama sprechen?" Er hört die Stimme der Tochter, und endlich kann er sich Luft machen:

„Mama? Was willst du von ihr? Wo steckst du denn? Warum rufst du jetzt an?", er schaut auf seine Armbanduhr.

„Papa, was ist denn? Ich möchte Mama sprechen, es ist wegen Oma …"

Er unterbricht sie und schreit in den Hörer:

„Deine Mutter ist lange schon in der Praxis, das solltest du eigentlich wissen!"

Am anderen Ende kein Laut, nicht einmal das Säuseln eines Atems. Er zittert, seine Hände werden feucht: Hat er sie tot geschrien? Dann hört er ein Fauchen: „Warum schreist du so?" Und … er wird weggedrückt.

Ein flaues Gefühl in der Magengegend. Ein leichter Schwindel. Eine weit zurückliegende Gefühlskette kommt ihm dazwischen: Weggedrückt. Zurückgedrängt. An die Wand gedrückt.

Vielleicht hatte es damit begonnen …

Oktober neunundachtzig, der vierte Oktober, Demonstrationen auf den Straßen, Polizeiketten. Bahnhöfe und Gleise hatte man besetzt, Züge mit Ausreisewilligen aus der Prager Botschaft passierten den Hauptbahnhof in Richtung Westen. Er hatte mit seinen Kollegen auf dem Bahnsteig gestanden: Wir bleiben hier! Nicht ahnend, dass selbst dieses Plakat für die Regenten eine Drohung bedeutete.

Dieser vierte Oktober war Annikas vierzehnter Geburtstag. Während die Tochter mit der Geburtstagstorte auf ihren Vater wartete, hatte dieser unter Polizeibewachung den Abend und die Nacht mit dem Gesicht an einer kalten Garagenwand stehend verbracht.

Wo warst du? Mit vorwurfsvollem Blick öffnete Karin ihm am Morgen des fünften Oktober die Wohnungstür.

Eine Schürfwunde über der linken Augenbraue, eine ausgetrocknete Kehle aus der kein Laut herauskommen wollte, so stand er vor seiner Tochter. Sie hatte ihm das wohl nie verziehen.
Und sie hatte nie gefragt.

Sie hatte die freien Schulwochen freudig begrüßt und war übergangslos in die neue Zeit gerutscht.

Einige Jahre später, eine Welle von Warenangeboten war herübergeschwappt, sitzt seine Tochter Beine schwingend auf der Sessellehne. Getönte Haare. Lackierte Fingernägel. Wie zehn kleine rote Käfer heben sie sich vom Polster ab. Worte sprudelten aus ihm heraus: Du siehst aus wie ein Strichmädchen. Zu Karin knurrte er: Diese jungen Leute, sie schminken sich stundenlang vorm Spiegel, laufen den ganzen Tag mit riesigen Wasserflaschen herum, gehen auf Partys, um am nächsten Tag ihre Fotos ins Internet zu stellen.

Heute bewundert er die junge Frau, die seine Tochter ist, die fließend spanisch und englisch sprechen kann und sich auf allen Flughäfen der Welt allein zurechtfindet.
Ihr Studium ..., nun ja.
Als ich jung war ..., damit kann er ihr nicht kommen.

Er lässt den Telefonhörer auf den Küchentisch fallen, stellt den Wasserkocher an, tastet nach der Kaffeedose. Zwei gehäufte Kaffeelöffel. Als er

nach seinen Blutdrucktabletten greifen will, fällt die Basilikumdose um. Wieso ist sie nicht zugeschraubt? Dann schaltet er die Herdplatte ein, stellt die Pfanne auf das rot glühende Rund, gießt einen Schuss Olivenöl in die Pfanne, lässt es heftig zischen, schlägt mit zittrigen Fingern zwei Eier in das Öl. Fett spritzt auf das Ceranfeld und weiße Eierschalen schwimmen zwischen Eidotter und Öl. Er will die Schalen aus dem heißen Öl herausangeln, verbrennt sich die Finger. Wütend nimmt er die Pfanne und kratzt den angebackenen Inhalt in den Mülleimer. „Ein Scheißtag!"
Verzweifelt holt er sich aus der hintersten Ecke des Küchenschrankes eine Tafel Schokolade. Frustfutter, würde Karin sagen.

Indem er am Küchentisch sitzt und die Schokolade in sich hineinstopft, schaudert ihm:

Papa, gehst du mit mir in den Zoo?, bittende Worte klingen ihm im Ohr.
Papa, gehen wir zusammen ins Kino?
Was hatte ihn davon abgehalten?
Er weiß es nicht mehr. Wenn seine Kindheit anders verlaufen wäre? Hätte er dann ein besserer Vater sein können?
Vielleicht.

III

Plötzlich ist es hell.
Licht, viel Licht.
Ein Spalt im Schrein?
Ein Gesicht über mir.
Das Gesicht ist nass von Tränen.
Stumm ordnet es an, aufzustehen ...

Meine Erstgeborene?
Der Name will mir nicht einfallen ...
Sie zieht an meinem Arm, zieht mich heraus aus dem
dunklen Loch.
Aber wohin?
Ist es die Stelle, an der ich sie vor vierundsechzig Jahren
abgelegt habe?

Ich will erzählen wie es war - damals.

Verstehen? Nein, das erwarte ich nicht.
Flucht und Angst, ihr könnt es nicht verstehen.

Der Vater

Jedes Jahr am Volkstrauertag, dem Gedenktag für die Opfer des faschistischen Terrors, pilgerte die Mutter mit Andreas zum städtischen Friedhof. Schwarz das Kleid, schwarz der Mantel, schwarz die Augen. Ein Gesicht, das keine Gefühle nach außen dringen ließ.

Um das Bild von Massengräbern aus ihrem Kopf verdrängen zu können, hatte die Mutter eine Grabstätte gekauft. Ein Grab – ein Kreuz – einen Namen: *Karl Gustav Werner Bachmann, geboren 1918, gefallen bei Stalingrad 1943.* Sie knieten nieder, legten Blumen vor das Holzkreuz. Weiße Lilien streiften den eingeritzten Namen.

Die Mutter saß nach einem solchen Tag am Abend in der Küche auf der Ofenbank. Eine schwarze gespenstische Gestalt, schaute zur Zimmerdecke, die Hände fest ineinanderverschränkt, wie ein Kind, das den Bindfaden eines Luftballons festhält.

Er hockte auf der Fußbank neben ihr und wartete, bis das Ungeheuer Krieg aus dem Zimmer verschwunden war. Manchmal dauerte es mehrere Tage. Er lag des Abends in seinem Bett und harrte vergeblich auf die Mutter. An jenem Tag, als sie wieder neben ihm schlief, er ihre Wärme fühlte, glitt er in die Sicherheit eines traumlosen Schlafes hinüber, und die Welt war wieder in Ordnung

Wenn es Frühling wurde, fuhr er heimlich zu seinem Vater. Mit der Straßenbahn – allein – bis Endstation Heidefriedhof. Er lief durch das kleine Wäldchen bis zum schmiedeeisernen Tor. Wenn er den Pfad entlang, im frischen Gras zum Eingang hin schlenderte, sah er schon von weitem die Kopftuchfrau mit ihrem Blumenstand. Sie saß unter einem Bretterverschlag neben dem Eingang und wartete auf Blumenkäufer. Ein geheimnisvolles Lächeln empfing ihn: Andreas, da bist du ja wieder! Wenn er Glück hatte, zog die Verkäuferin eine Rose unter dem Blattwerk ihres Spankorbes hervor.

Er ging an Granitblöcken vorbei, an Engelsgesichtern, segnenden Händen und schwarzen Palmenblättern, die ihm Angst einflößten. Er lief bis hin zu den Holzkreuzen. Dort legte er bei Karl Gustav Werner die Rose nieder. Er setzte sich auf eine Steinplatte, die unweit im Rasen lag, hielt sein Gesicht in die wärmenden Strahlen der Frühlingssonne, schaute auf das Kreuz, und redete mit seinem Vater.

Irgendwann Anfang der fünfziger Jahre, Andreas feierte gerade mit seinen Schulkameraden seinen zehnten Geburtstag, die Mutter hatte einen Kuchen aus Kaffeesatz und Rindertalg gebacken, die Jungen stürzten sich darüber her, da klingelte es an der Wohnungstür …

Er erinnert sich an Mutters scharfen Ton: Betteln und Hausieren verboten. Das übliche Türzuknallen blieb an diesem Tag aus.

Seine Freunde stritten um das letzte Stück Kuchen, als die Mutter in die Küche kam und die Jungen, an einem verwahrlosten Mann vorbei, nach draußen geschickt hatte. *Hausierer*, die Jungen steckten boshaft die Zunge raus, und er wagte nicht zu fragen, was das Wort bedeutete. An jenem Tag hatte die Mutter den Bettler und Hausierer nicht weggeschickt.

Als Andreas vom Spielplatz kam, saß der Mann am Küchentisch, hatte ein frisches Männerhemd an – vom Vater vermutlich – und schlürfte Mutters durchsichtige Mehlsuppe, die an diesem Tag noch wässriger schmeckte.

Fortan lebte der Mann mit ihm und der Mutter unter einem Dach. Der Fremde schaute mürrisch, griesgrämig vor sich hin. Er habe einen Granatsplitter im Bein, meinte die Mutter.

Wenn der Unbekannte mit dem Aluminiumlöffel auf dem Teller herumschabte, sprang die Mutter auf, um ihm den letzten Suppenrest aus dem Topf zu kratzen. Wenn Andreas nur noch das Schlürfen des Mannes und das Ticken der Küchenuhr hörte, starrte er auf das Muster des Steinfußbodens. Geheime Schriftzeichen tauchten aus dem Küchenboden auf, verschwanden jedoch, kurz bevor er sie entziffern konnte.

Alles war anders geworden. Die Mutter lachte nicht mehr, Andreas musste aus dem Schlafzimmer ausziehen und bekam den Raum neben der Wäschekammer zugeteilt.

Eine Dachkammer, nicht einmal zehn Quadratmeter groß. Dort wo die Decke am niedrigsten war, stieß er mit seinem Kopf gegen die Dachziegel, die manchmal krachend zu Boden fielen und ihm den Blick in den Himmel frei gaben.

In diesem Jahr der Veränderung wurde er plötzlich stumm. Die Zunge lag in seinem Mund als wäre sie am Gaumen festgeklebt. So sehr er sich auch mühte, es kam nichts heraus aus seiner

Kehle. Die Mutter ging mit ihm zu einer Psychologin. Dort musste er Bauklötze stapeln, mit Buntstiften Bilder malen, Fragen beantworten, die ihn nur noch stummer machten. An den Wänden hingen bunte Poster. In einem der Farbkleckse sah er eine tote Mutter und einen Wolf, der ein Kind fraß. In diesem Moment, in dem die Farbkleckse auf ihn zukamen, musste er plötzlich laut geschrien haben, denn die Mutter und Psychologin hielten ihn an den Armen so fest, dass er lange noch die Druckstellen spürte.

Seine Stimme war zurückgekehrt.

Einmal noch fuhren sie zum Heidefriedhof.

Der Fremde war mitgekommen. Andreas ging mit seiner Mutter voraus. Werner, so nannte ihn die Mutter, schlürfte hinterher. Er hatte den schwarzen Anzug vom Vater an, der ihm viel zu groß war. Er zog das linke Bein nach, es sah aus, als trete er in weichen Sand, er stemmte sich mit dem rechten Bein über die Bordsteinkante und schlenkerte das linke Bein lässig hinterher.

Der Granatsplitter, dachte Andreas.

Am Grab sprachen die Erwachsenen über das Kreuz, von Erneuerung, von Namensänderung.

Man kann es säubern, lackieren …, doch die beiden schienen seine Worte nicht zu hören.

Andreas schaute zum Himmel, tränenblind stolperte er über Steine und Baumwurzeln, bedeckte sein Gesicht mit den Händen und schluchzte.

Wenn er allein mit der Straßenbahn zum Friedhof fuhr, sich zum Holzkreuz schlich, auf der Steinplatte saß, erzählte er von dem fremden Eindringling, wie dieser abends seine Hausaufgaben sehen will, wie er ihm erklärt, wie man zweistellige Zahlen in Sekundenschnelle miteinander multipliziert. Noch beim Abendessen sitzend, mache er Kopfrechnen mit ihm, eine Kopfrechnen-Schlange, wie er es nennt. Er müsse hintereinander viele Zahlen im Kopf addieren und subtrahieren. Dieser Werner schaut dann auf seine Stoppuhr, die er an der Jacke mit einer Kordel im Knopfloch befestigt hat. Er guckt wie eine Raubkatze, die in gegebenem Anlass springen würde.

Während Andreas erzählte, schaute er gen Himmel. Zu der Wolke über ihm, dort saß sein Vater: Ich schaffe die Rechenaufgabe in weniger als zwei Minuten. Er erzählte stolz von seinen Erfolgen beim Fußball und in der Schule, von Anna erzählte er, die eine Bankreihe vor ihm sitzt, deren Zöpfe manchmal über sein Schulheft streifen, von ihren großen blauen Augen.

Wenn die Sonne sich hinter den Kreuzen in rötlich, schimmernde Wolkenstreifen auflöste, schlich Andreas nach Hause.

Jenen Tag, an dem er direkt von der Schule zum Heidefriedhof fuhr, diesen Tag hatte er nicht vergessen:

Das aufgeschlagene Schulheft, mit vielen roten Tintenstrichen und Korrekturen versehen, Seite um Seite, hielt er dem Vater direkt unter das Kreuz. Am Ende der Mathematikarbeit stand in roten schnörkligen Buchstaben ein „genügend".

Tränen rannen ihm über das Gesicht und drohten das Blau mit dem Rot zu vermischen.

Wie soll ich das dem Werner beibringen? Er schaute nach oben, und er war sich sicher, sein Vater verstünde seinen Kummer.

Als es dämmerte, rannte er zur Straßenbahnhaltestelle und beschloss, sein Versagen zu verschweigen.

Maßstäbe, so denkt er heute, sind die Erfindung des Menschen. Er hört die Stimme seiner Tochter: Papa! Ein Abiturzeugnis ist nicht das Wichtigste im Leben. Und: Weißt du, was unser Lehrer in der Schule sagt? Egal, was ihr lernt oder studiert. Talent steckt in jedem von euch. Der Markt entscheidet später, wo ihr eine Arbeit findet.

Ehrgeiz, Strebsamkeit, Fleiß, stecken in den Genen, hatte er immer vermutet.

Es begann mit der Eintragung zum Studium Elektrotechnik an der Hochschule, diverse Urkunden gehörten zu den Bewerbungsunterlagen. Eine Kopie seiner Geburtsurkunde sowie die Kopie der Eheurkunde seiner Eltern.
Die Urkunde war ein verblichenes, zerfleddertes Stück Papier mit blauem Hakenkreuzstempel, altdeutsche Schriftzeichen, die wie struppiges Geisterhaar an Efeu erinnerten, der von der Friedhofsmauer herunterhing.

… war er zusammengebrochen unter der Last der Offenbarungen? Er war weggetreten, ohne gegangen zu sein. Bewusstlos? Er wäre es gern gewesen.
Werner und die Mutter. Sie sprachen ziemlich aufgeregt durcheinander. Er lag auf dem Boden und verstand kein Wort: Du hättest es ihm sagen

sollen, Mutters Stimme flüsterte dicht an seinem Ohr. Er war über den neuen Fernsehapparat gestolpert, der noch unausgepackt mitten im Raum stand. Mit dem Kopf auf dem Fußboden aufgeprallt, hatte er für einen Moment Sterne gesehen, hätte gerne eine Weile bei ihnen verweilt, bis der Spuk vorbei war.

Damals versuchte er, sich der Gegenwart zu entziehen, weil die vergangene, die damalige Gegenwart, nicht mehr die vergangene Gegenwart werden konnte. Werner – alias *Karl Gustav Werner Bachmann, geboren 1918, gefallen bei Stalingrad 1943,* saß im Wohnzimmer, sprach von Granathagel, von eisigkalter Steppe, von Leichen. Von einer Erkennungsmarke aus Metall, und als habe er seinen Führer vor sich, schlug er beim Erzählen die Hacken aneinander:

7. Kompanie Infanterie, Feldausbildungsregiment 719, Personenkennziffer 356, Blutgruppe A.

Die Worte schossen wie Gewehrkugeln aus seinem Mund: Bombenhagel, Granatsplitter. Kamerad. Gesicht, Brustkorb zerrissen. Fleischfetzen im Schnee.

Nach der dritten Flasche Bier war Werners Munition verbraucht. Er stammelte, stotterte, lallte. Eis. Blut. Tod. Angst.

Die Mutter brachte Ordnung in das Wortgewirr: Werner, sein Vater – 1951 aus der Gefangenschaft zurückgekehrt –, wäre irrtümlicherweise als gefallen erklärt worden, habe die Metallmarke nicht ordnungsgemäß am Lederband um den Hals getragen, die Erkennungsmarke steckte in der Innentasche seiner Uniformjacke.

Er habe dem verwundeten Kameraden seine Jacke übergeworfen, erklärte die Mutter, und sich dann im Bombenhagel in einen Schützengraben gerettet.

Dem Kameraden seine Uniformjacke übergeworfen, immerhin eine menschliche Regung, dachte Andreas.

Ein Stück Papier, das Soldbuch und das Metall der Erkennungsmarke, erhielt die Mutter als sie sich gerade mit ihrem kleinen Sohn auf dem Arm aus dem Luftschutzkeller nach oben gekämpft hatte.

Wir gedenken der Gefallenen des 2. Weltkrieges … Er erinnert sich vage an dunkle Gestalten mit gesenkten Köpfen. Gedenktafel Heidefriedhof. Mutters Tränen, die unaufhaltsam auf seine Hände tropften.

Bis Karl Gustav Werner Bachmann im Frühjahr 1952 (gefallen bei der Schlacht um Stalingrad) verwahrlost, ausgemergelt an der Wohnungstür lehnte, wie ein Gespenst. Hausierer, wie seine Schulkameraden höhnisch festgestellt hatten.

Wenn er jetzt zurückblickt, ist ihm, als wäre seit dieser Offenbarung seine Kindheit vorbeigewesen.

Die Enthüllung verwandelte sich in Wunden. Die eisige Wut bewahrte er in ihrer eigenen Kälte auf und richtete sie gegen Werner, den Eindringling.

Er brauchte keinen lebendigen Vater mehr, wollte ihn keineswegs als solchen akzeptieren, weil ihm gar nichts an ihm gefiel. Ein Riss, ein Spalt der sich nicht schließen konnte.

Als Student war er noch einmal zum Friedhof gefahren, zwischen den Gräbern hin- und hergelaufen. Die hohen dichten Bäume schlossen sich über seinem Kopf. Zugewachsene Grabplatten.

Vermooste Wege lösten sich unter seinen Füßen auf. Zwischen üppig wucherndem Wachholder erkannte er den schwebenden Engel mit seinem gen Himmel gerichteten Blick.

Das Holzkreuz hatte man wohl entfernt, zumindest konnte er es nicht finden.

All die Kreuze waren grau und verwittert.

Ob der unbekannte Soldat, dem er als Kind so vieles anvertraute, auch einen Sohn gehabt hatte?

Die warme weiche Geborgenheit, die er damals hier empfunden hatte, fiel jäh in sich zusammen.
Schlag für Schlag verließ er den Friedhof, ohne den Weg wahrzunehmen, den er gekommen war, den altbekannten.
Der Moosboden schwankte.
Eine Kruste hatte sich über seine Gefühle gelegt.

Er sah sich plötzlich doppelt. Der Junge, der mit dem Holzkreuz redet, der gehorsam für einen Fremden die Rechenaufgaben löst und kämpfend um ein Tor den Fußball durch die Luft sausen lässt, und der Erwachsene, der mit beiden Beinen versucht, auf der Erfolgsleiter nach oben zu streben.

Oktober vierundsiebzig, seine Frau hatte Adresse und Telefonnummer der Großeltern ausfindig gemacht. Die Schwiegermutter war am Telefon, ihre Stimme muss hart und schrill geklungen haben. Karin war zusammengezuckt und hatte ihm den Hörer in die Hand gedrückt. Wie ein Schuljunge mit einem fremden Spielzeug in der Hand, hatte er dagestanden … hörte im Hintergrund den Nachrichtensprecher der Aktuellen Kamera säuseln …

Die dunkle, rauchige Altstimme seiner Mutter hallte an sein Ohr:

Wer ist da am Apparat?

… wie lange dauerte eigentlich eine Sekunde?

Seine Worte waren in der Kehle steckengeblieben wie eine dicke, zähflüssige Blase.

Ein scharfer drängender Schmerz in der Brust bis in den Hals hinauf, als er endlich seinen Namen nannte. Seine Stimme kam ganz tief aus ihm heraus, irgendwo aus einer Gegend, wo eigentlich keine Stimme sitzen konnte:

Du hast eine Enkeltochter, sie ist heute vier Wochen alt geworden, … ein kleine Annika.

Mutters Stimme schraubte sich um eine halbe Oktave in die Höhe, dünn und zittrig.

Ein Wortsprudel. Eine Aneinanderreihung von Freudenausbrüchen, hastig, eilig, beseelt.

Sie hatte Fragen gestellt. Er hatte versucht zu antworten, jedoch ehe er etwas hatte sagen können, kamen die nächsten Frageketten dazwischen:

Größe? Gewicht? Augenfarbe?

Wann können wir kommen?
Er sah Werner vor sich, er wollte noch sagen:
Komm bitte allein.
Du kannst den Zug nehmen.

Doch die Leitung wurde unterbrochen.

Werner fuhr das neue Auto.
Die Fahrt zur Besichtigung der Enkelin endete
bei Glatteis in einer Kurve an einem Baum …

Das Leben seiner Eltern auch.

IV

Heldentum und Ehre.

Er zieht freiwillig in den Krieg!

„Ich schwöre bei Gott diesen heiligen Eid, dass ich dem Führer des Deutschen Reiches und Volkes, unbedingten Gehorsam leisten und als tapferer Soldat bereit sein will, jederzeit für diesen Eid mein Leben einzusetzen."

Freiwillig?
Plötzlich ist er mir fremd und doch so schmerzlich nahe.

Ich bin verliebt, ich fürchte den Verlust.

Uniform der Deutschen Wehrmacht. Die Schulterklappen kratzen beim Abschied feucht an meiner Wange.

Ich erfahre erst später, dass er sein jüdisches Blut hinter dem starren Tuch versteckt hält.

Karin

Sie liebt den Morgen, die Stille, die Spanne zwischen Träumen und Erwachen. Ein kurzes Zurückdämmern in den Moment der Zeitlosigkeit. Momente, in denen sie ohne Anspannung in sich selber ruht.

Wenn erste vertraute Geräusche von der Straße an ihr Ohr dringen, wenn die Stadt langsam aufwacht, wenn frische Morgenluft durch die Gardine weht, manchmal ein erster Sonnenstrahl auf dem Gesicht …

Für Andreas beginnt der Tag, wenn der Wecker sich aufdringlich laut gemeldet hat, dann bringt er ihn mit einem Klacken zur Ruhe, wirft seine Bettdecke zur Seite, rollt zu ihr herüber, streift mit weichen Händen über ihren Rücken, ihre Schultern, ihren Körper …

Andreas kann sich nicht von seinem alten Wecker trennen. Er zieht ihn regelmäßig vor dem Schlafengehen mit laut knackendem Geräusch auf. Und eigentlich braucht er ihn schon seit über zwanzig Jahren nicht mehr. Die Zeiten haben sich geändert. Zeiten, an denen ihm der Volkseigene Betrieb äußerste Pünktlichkeit und Disziplin abverlangte.

Zeiten, da sie wie elektrisiert vom lauten Rasselgeräusch aus dem Bett sprang, im Nachthemd zum Bett ihrer kleinen Tochter eilte, sie in die Arme nahm ..., die Sorge, sie würde weinend erwachen, bockig schreien, weil sie nicht angezogen werden wollte ..., dann wäre der morgendliche Rhythmus durcheinander geraten: Zu spät in der Kinderkrippe, zu spät auf ihrem Arbeitsplatz, die schlechte Laune des Chefs ..., eine Lawine von Unstimmigkeiten. Zeiten, die weit zurückliegen.

Wenn der Morgen längst schon zum Tag geworden, ein freies Wochenende in Sicht ist. Wenn Andreas seinen Kopf in ihrem Haar vergräbt, wenn er eine widerspenstige Locke sanft aus ihrer Stirn streicht, ihren Kopf in beiden Händen hält, wenn seine Haut ganz dicht an ihrer summt. Dann hat der alte Wecker Pause. Dann ist ein freies Wochenende in Sicht.

Dann liebt sie seine überlegene Ruhe, die Zutrauen erweckt und zugleich Begierde. Übereinstimmung. Einssein. Gleichklang.

Ihre Ehe, ein schmaler Grat, links und rechts ein Netz gespannt. Behutsam geknotet, nicht perfekt gefertigt vielleicht, aber solide geknüpft, ab und an ein Riss im Gewebe, wieder zusammengeflickt, so dass sie annimmt, es könne nun bis ans Lebensende halten.

Doch seit gestern Nacht hat das Netz wieder Risse bekommen …

Wo war Andreas? Sie hätte seine Anwesenheit so dringend gebraucht. Warum hatte er sie nicht mit dem Auto abgeholt?

Mitteilungen legten sie sich, wenn einer den anderen nicht erreichen konnte, als Zettelbotschaft auf den Küchentisch neben die Obstschale.

Sie schaut hinüber. Andreas schnarcht.

Was hatte sie auf den Zettel geschrieben? Wie hatte sie die kurze Botschaft formuliert? Sie war in Eile gewesen und ihre Hand hatte beim Schreiben gezittert.

Sie fühlt einen heißen Strahl von Müdigkeit, einen Druck in der Magengegend, den Alptraum der Nacht: Eine merkwürdig unterirdische Landschaft. Wände schneeweiß, die Gänge schlängeln sich in einem unübersichtlich labyrinthischem

System dahin. Sie durchwandert mit ihrer Mutter das Labyrinth. Die Mutter am Stock, das Gesicht faltig und müde, sie guckt mit großen Augen, lächelt untertänig, und greift nach ihrer Hand: Komm Tochter. Doch Karin reißt sich von der Hand los, da stürzt die Mutter zu Boden. Ihre Greisenaugen schauen bittend, verzeihend. Karin jammert: Du bist mir zu schwer; lässt die Mutter liegen und rennt panisch davon.

Der Traum steckt noch im Hals, sie zuckt zusammen, als der Wecker den Augenblick zerreißt. Andreas Arm greift wie eine mechanische Puppe nach dem Aus-Knopf, kullert zu ihr herüber ...

„Lass mich!", heute fühlt sie sich wie ein Gebrauchsgegenstand. Ein Möbelstück, das für die Behaglichkeit ihres Mannes verantwortlich ist. Heute wehrt sie sich.
„Was ist mit dir?", brummt er mit schlaftrunkener Stimme. Er drückt seine flache Hand gegen ihre Hüfte, umklammert sie und dreht sie mit einem ungewöhnlich harten Griff zu sich herum.

Sie erschrickt, stößt ihn weg und rutscht zur Bettkante, bildet mit den Armen eine uneinnehmbare Festung. „Lass mich!" Hört sie sich nochmals sagen. Und wie Andreas geräuschvoll aufsteht, und schlappend ins Badezimmer torkelt.

Was war das eben? Gewalt?
Die Badezimmertür quietscht.
Das Türschloss müsste geölt werden, denkt sie.
In der Küche klappern Gläser, irgendetwas fällt krachend zu Boden.

Ein Kollege hatte sie gegen Mittag in der Praxis angerufen:
„Hallo, Karin. Ich musste deine Mutter ins Krankenhaus einweisen. Kreislaufkollaps. Es sieht nicht gut aus. Ihr Zustand ist instabil."
Karin hatte ihre Patienten nach Hause geschickt, die Praxis geschlossen; da Andreas mit dem Auto unterwegs war, sich von ihrer Arzthelferin nach Hause fahren lassen.
Sie hatte ihre Tasche umgepackt und war mit dem Taxi ins Krankenhaus gefahren.

Am Nachmittag und Abend saß sie am Bett ihrer Mutter. Am Kopfende den Monitor im Blick, das Auf und Ab der ungleichmäßig gezackten Linien, wusste sie, dass die Mutter nicht mehr viel Leben vor sich hat.

Warum war Andreas nicht ans Telefon gegangen? Warum war sein Handy ausgeschaltet? Der Akku leer?

Die Version, er könne bereits im Bett liegen und schlafen, als sie um Mitternacht nach Hause kam, hatte sie nicht in Erwägung gezogen.

Ihr ist am Morgen, als käme eine gewaltige Welle auf sie zu und drohe sie mit ganzer Kraft zu zerreißen.

Sie versucht, den Alptraum der Nacht wegzudrängen, sich zu betäuben, wegzudämmern, in den Moment, wo der Geist dem Körper unterliegt. Eine schreiende Stille ist in ihr.

Immer, wenn ich ihn brauche, ist er nicht da!

… der Autounfall auf der Fahrt zur Arbeit … die Fehlgeburt, die Entbindung, und so weiter, und so weiter.

Von der Straße das Poltern und Krachen der Müllabfuhr. Das Bild neben der Kommode bewegt sich und rutscht ganz langsam herunter, ein Knacken, ein Sprung im Glas.

Ein erstes Farbfoto. Das Haus ihrer Kindheit. Das Foto hatte ihr der Vater zum achtzehnten Geburtstag geschenkt.

Roter Backstein im Grünen. Auf allen Stationen ihres Lebens ist es mitgewandert. Die Farben sind im Laufe der Jahre verblichen. Nun hat wohl eine seiner Halterungen nachgegeben und es ist an der Wand heruntergerutscht.

Sie hört den dumpfen Aufprall. Wie ein Greis, der sich nicht auf den Beinen halten kann, lehnt das Bild an der Wand neben der Fußbodenleiste.

Sie schaut auf die Uhr, sie müsste aufstehen, in die Praxis, Akutfälle behandeln, Patienten umbestellen, ins Krankenhaus zur Mutter fahren. Ihre Beine sind wie gelähmt.

Annika. Ich muss Annika anrufen …

Kinderschuhe hingen lange Zeit seitlich am Spiegel im Korridor. Ein rosa Schleifenband. Klitzekleine Schuhe, hellblau mit weißem Fell. Sie hatten diese zu ihrer Hochzeit Anfang der siebziger Jahre von Freunden bekommen: Kinder?
Promotion und Facharztausbildung. Nachtdienste im Krankenhaus. Eine schwammbefallene Einzimmerwohnung mit Außentoilette.
An ein Kind war nicht zu denken.
Und dann? Einige Jahre später, als alle Kriterien für eine Familiengründung erfüllt schienen, sah

sie plötzlich überall Schwangere, die ihren Bauch vor sich hertrugen, überall Mütter auf den Straßen, wie sie am Morgen ihre Kleinen angegurtet im Kinderwagen in die Kinderkrippe brachten. Am Abend angemüdete Mütter, die ihre Kinder eilig im Wagen nach Hause schoben. Wollte sie das? Zweifel kamen in ihr auf.

Doch sie wollte ein Kind. Sie würde es anders machen!
Sie kaufte sich weichen, seidigen Stoff, blau mit grünen Tupfen, nähte sich ein Umstandskleid, in der Hoffnung auf eine Schwangerschaft ... Das Kleid hing ein halbes Jahr zwischen Blusen und Ballkleidern im Schrank, sie nahm es oft heraus, zog es an, drehte sich vorm Spiegel – ein Kissen unter das Hemd gestopft, schaute sie auf ihr Bild und ... wurde schwanger.

Ein Kind, ihr Kind. Über Klopfzeichen hatte sie ersten Kontakt mit ihm aufgenommen, geheimnisvolle Laute, eine Melodie, ein Lächeln.
Plötzlich, eines Morgens, ein scharfer Schmerz.
Ein Schmerz, der in ihrem Bauch Wurzeln schlug und bis in die Gliedmaßen strömte.
Eine Fehlgeburt.

Du hast zu viel gearbeitet, sagte Andreas, und von ihrer Mutter kamen ähnliche Vorwürfe.

Eine tiefe Traurigkeit brannte in ihrer Seele.

Eine Stelle zu der man gehen konnte, um zu trauern, die hätte sie sich gewünscht.

In Japan werden die Föten beerdigt – Friedhof der Ungeborenen ...

Ihren Fötus hatte man in einem Mülleimer entsorgt.

Andreas bewältigte seinen Kummer auf andere Weise: Er hatte sich zu einem Segelkurs angemeldet. Urplötzlich überraschte er sie mit einem Segelboot, einem 20er Jollenkreuzer.

Jachthafen Pirschheide.

Ihr fiel nichts anderes ein als: Was soll das denn? Ich denke, du hast keine freie Minute mehr, seit das Forschungsprojekt läuft.

Seine Reaktion: Es gibt doch Wochenenden, man muss auch mal entspannen können ...

Jeden Samstagmorgen radelte Andreas mit dem Fahrrad zur Havel, putzte, lackierte, strich.

Sie fuhr mit ihrem Fahrrad und einem gefüllten Brunchkorb gegen Mittag zu ihm. Bei schönem Wetter saßen sie auf dem Deck und speisten, bei Regenwetter sorgte die Kajüte für Behaglichkeit.

Arno hatten sie das Boot getauft. Arno sollte ihr Junge heißen, wenn es denn einer geworden wäre. Wochenende für Wochenende verließen sie die kleine Wohnung, um auf dem Wasser an frischer Luft zu sein.

Andreas hatte sich einen kleinen Bordmotor anbringen lassen, um mit dem Boot aus der Bucht herauszukommen. Sie staunte, wie er sein Segel hielt, wie er das Boot lenkte, als hätte er nie anderes getan. Er liebte das launische Wasser, wenn Jolle Arno über die Wellen tanzte. Man beschloss, dem alljährlichen Kampf um einen Urlaubsplatz entkommend, die Ferien fortan auf dem Boot zu verbringen.

Mecklenburger Seenplatte. Sie ankerten im Schilf. Sumpfige Wiesen, verlandete Nebenarme, verschlafene Dörfer. Einsamkeit.

Bei Windstille lagen sie auf dem Boden des Schiffes, ihre Körper ölig und glänzend, wenn sie sich liebten. Sie glitten über- und ineinander, widerstandslos. Sie lagen verschlungen, der Himmel breitete sich über ihnen aus, als wolle er sie beide zudecken. Und sie erinnerten sich an das weite Blau der Talsperre am Lipno See.

Morgens joggten sie den schmalen Pfad parallel zum See entlang und wieder zurück. Karin bereitete auf einem Propangaskocher das Essen. Im Dorfkonsum kauften sie ein, was es gerade gab. Ein frisches Brot genügte, um glücklich zu sein. Wenn die Sonne auf dem zitternden Wasser brütete, stellte sie den Campingtisch in die Nähe des Ufers an einen schattigen Platz – ans Schilf oder ins Kiefernwäldchen. Manchmal, wenn ein Gewitter aufzog, peitschte der Wind Kiefernadeln in Schüsseln und Töpfe.

Abends suchten sie sich eine geschützte Stelle und Holz für ein Lagerfeuer, spießten Wurstscheiben auf Stöcke, die Andreas angespitzt hatte, und wenn sie diese über der Glut hin und her wendeten, fühlte sich Karin in ihre Kindheit zurückversetzt.

Im Korridor klingelt das Telefon.
„Hier Bachmann ..." Stille. Andreas legt auf.

Sie springt auf von ihrem Bett, greift zu ihrem Handy, wählt Annikas Nummer, es meldet sich niemand.
Annika wird noch schlafen ...
Sie geht ins Badezimmer, beugt sich über das Waschbecken, lässt kaltes Wasser in die Handteller laufen, taucht ihr Gesicht hinein, schaut in den

Spiegel, blinzelt und versucht die verhedderten Haare auszukämmen: Ihre Mutter blickt ihr entgegen. Müde, abgespannt. Karin versucht ein Lächeln ..., das Lächeln hat sie vom Vater. Der Vater, die Konstante in ihrem Leben, die Sicherheit, der Trost.

Die Zahnbürste im Mundwinkel, hört sie das Telefon erneut klingeln, und schaut aus der Badezimmertür.

„... ist nicht zu sprechen, ... muss dann in die Praxis. Okay, werde ich ausrichten", Andreas legt unsanft den Hörer auf die Feststation.

„Ein Uwe Weller hat angerufen und wollte dich sprechen. Er ruft dich in der Praxis noch einmal an."

Sie will reagieren:

Warum hast du mich nicht ans Telefon geholt?, doch die Zahnbürste bremst ihren Wortausbruch. Auf der Wanduhr im Badezimmer dreht der Sekundenzeiger eine hastige Runde nach der anderen.

Ich muss Annika anrufen ...

V

Weißer Nebel. Weißes Brautkleid.
Weiß auch die Blumen.
Der Bräutigam.
Ausgehuniform der Deutschen Wehrmacht.

Kriegsheirat.
Kurzes Glück, dann tränenreiches Sichvoneinanderlösen.
Die Front ruft.
Pflichtbewusstsein und Befehl.
Zurückgelassen. Verlassen. Allein.

Nicht lange. Ein neues Leben in mir, die Sorge wächst
mit. Die Leibesfrucht, geschützt, genährt noch.
Dann die Geburt. Zehn Stunden Wehen: Ein erträgliches
Maß für eine Erstgebärende, sagt die Hebamme.
Eine Klinik, eine Hebamme, ein Pfarrer, die Taufe:
Wie im Frieden. Ein Mädchen ist geboren.

Der Vater, kämpfend um sein Leben im Töten,
weiß nichts von alledem.
Die Feldpostnachricht geht im Bombenhagel verloren.

Annika

Ungewöhnlich früh hörte Annika ihr Telefon.
Sie sprang aus dem Bett, suchte nach ihrem
iPhone. Die Mailbox schaltete sich ein. Mutters
Stimme: Großmutter im Krankenhaus St. Elisa-
beth ..., bewusstlos ...
Worte holprig, abgehackt, dann war der Akku
leer. Ärgerlich steckte sie das iPhone in die Ladestation: Ständig vergaß sie das Aufladen. Sie
war hastig in ihre Sachen geschlüpft, hatte das
Nötigste in die Tasche gepackt, sich die Jacke
übergeworfen, und rannte zur Straßenbahn.

Unausgeschlafen – wie abwesend noch – steht
sie am Fahrkartenschalter. Die Dame hinter dem
Glas tippt auf der Tastatur des Computers herum.
„Gibt es keine schnellere Verbindung?"
Ein mürrischer Blick der Bahnangestellten:
„Ihre Bahncard!"
Annika wirft ärgerlich die Bahncard auf die Ab-
lage: „Wo leben wir denn, tiefstes Mittelalter!
Zwei Stunden für sechzig Kilometer!"
Als sie im Zug sitzt, gleiten die Hochhäuser
schemenhaft an ihr vorbei. Die Vorstadtvillen
schlafen noch. Der Himmel schält sich blau aus

der Dunkelheit. Die Sonne wirft erstes Licht auf das frische Grün der Birken. Baumstämme, wie schwarz gesprenkelte weiße Strümpfe.

Irgendwann ist sie von dem gleichmäßigen Säuseln des Zuges eingeschlafen.

Großmutters Spankorb in der Hand, Blüten pflückend. Eine um die andere, Blüte für Blüte. Der Duft von Lindenblüten kommt Annika in die Nase. Sie hört Großmutters Flüstern, wie sie mit dem Lindenbaum Zwiesprache hält …

Sorgfältig auf Packpapier ausgebreitet lagen die Lindenblüten den Sommer über zum Trocknen im Schuppen hinter dem Haus.

„Ihren Fahrausweis bitte."

„Oh, eh …", Annika schält sich aus ihrer Jackentarnung und blinzelt müde in das Gesicht des Bahnangestellten, dessen Mundwinkel in einem missmutigen Bogen herunterhängen:

„Guten Morgen, junge Frau. Ihren Fahrausweis", brummt er noch einmal.

Schläfrig tastet Annika nach dem Papier und ihrer Bahncard. Als sie zurück unter ihre Jacke kriechen will, meldet sich das Handy. Sie sucht: Tasche rechts, Tasche links, Seitentasche oben, unten – nichts. Das Summen wird immer aufdringlicher. Jetzt ist sie hellwach. „Ja, hallo? Ach, du?

Ich sitze im Zug …" Die Stimme kommt von dem kleinen Dicken, der ihr schräg gegenüber sitzt. Seine Zeitung ist zu Boden gefallen. Er schaut beim Reden aus dem Fenster, das Dunkel seiner Pupillen zuckt im Rhythmus der vorbeifliegenden Bäume.

Aber, wo ist mein Handy? Sie sucht erneut in ihrer Jackentasche. Nichts. Greift nach der Reisetasche im Gepäcknetz. Wühlt, sucht… Nichts. „Werte Reisende in wenigen Minuten erreichen wir …, Ausstieg in Fahrtrichtung rechts."

Der Dicke mit ihrer Handymelodie, scheint angekommen. Er schiebt sich mit seinem Rucksack an ihr vorbei zum Ausgang. Ein schwammiges Gesicht. Unter dem Kragen seines Hemdes kommt eine Tätowierung zum Vorschein, rote Muskeln in die haarlose Brust gestochen, detailliert und realistisch wie in einem Anatomiebuch. Lebendig gehäutet, denkt sie, und riskiert die Frage: „Wie komme ich am schnellsten zum Städtischen Klinikum?"

„Rechts, links, der Hauptstraße nach, durch den Park. Krankenbesuch? Herzliches Beileid …"

Das Handy hängt zu Hause an der Ladestation.

Ohne Smartphone kommt sie sich vor wie ein Schiff, das ohne Kurs durch die Dunkelheit fährt.

Ein Irrgarten von hellen Korridoren. Der Geruch nach Desinfektionsmittel.

Ein Röcheln unter weißem Leinen.

Annika zieht einen Stuhl ans Bett, wandert mit ihren Fingerspitzen über Großmutters Gesicht: Eine vertraute Landschaft, jede Furche eine Zeichnung. Sie nimmt Großmutters Hand, ihre Tränen tropfen haltlos auf die Bettdecke. Sie stammelt Worte aus sich heraus, in der Hoffnung, die Großmutter hört zu:

„Omama, du darfst noch nicht sterben. Du hast mir versprochen, hundert Jahre alt zu werden; es fehlen noch zehn. Erinnerst du dich, wie wir beide unter dem Kirschbaum im Garten saßen?

Oft bin ich auf den Baum geklettert, habe auf einem Ast gesessen und mit den Beinen geschaukelt, du hattest Angst, ich stürze herunter.

Weißt du noch?

Vom Küchenfenster hörten wir die Vögel zwitschern. Ein Konzert, eigens für uns vorgeführt. Amsel, Grünfink, Zaunkönig … Du kanntest die Vogelstimmen, wusstest genau, wer uns gerade sein Lied singt. In der Astgabel des Apfelbaumes hatte Großvater eine Vogeltränke angebracht. Wir amüsierten uns über das Geplansche im Wasser, wenn sich ein Vogel darin einer Morgenwäsche unterzog.

Weißt du noch? Deine bunten Blumenrabatten im Garten. Die Blütenpracht. Ich habe die Farben gezählt und kam auf über dreißig."

Annika sieht die grünen Zacken auf dem Bildschirm über Großmutters Bett. Sie hüpfen auf und ab…, ein gutes Zeichen, hofft sie, und wagt dennoch nicht, die Schwester zu fragen.

Die zweimonatigen Sommerferien verbrachte sie bei den Großeltern. Am Morgen, wenn in der Dachkammer die Sonne Lichtmuster an der Wand bildete und die Sonnenstrahlen über ihre Bettdecke tanzten, roch es im ganzen Haus schon nach Seifenwasser und frischem Holz. Im Schlafanzug hüpfte sie die Treppe herunter, in der Küche wartete die Großmutter mit dem Frühstück. Großvater werkelte bereits im Schuppen. Er baute an einem Windrad, er hatte sich in den Kopf gesetzt, seinen Strom selbst zu erzeugen.

Großmutter setzte sich zu Annika an den Küchentisch und berichtete von der Glucke, die immer noch auf ihren Eiern brütete, dem Zwergkaninchen, das sich einen Gang unter den Maschenzaun hindurch gegraben hatte …

Es klang, als würde sie die neusten Nachrichten aus Großvaters Tageszeitung vorlesen.

Wenn sie des Morgens vom lauten Hühnergegacker geweckt wurde, kroch sie unter ihre Bettdecke, hielt sich die Ohren zu, kam erst zum Vorschein, wenn das Gekreische verstummt war.

Der Großvater hatte ein Huhn geschlachtet.

Sie legte Großmutters schwarzes Kopftuch über ihre Schultern, schlich barfuss die Treppen herunter, schaute zum Großvater mit ernstem Blick, sah den blutverschmierten Hackklotz, und fragte ihn, wie er so grausam sein konnte.

Das Grausen war vorbei, wenn das Huhn gerupft und ausgenommen auf dem Küchentisch lag.

Sie sieht sich triumphierend ein längliches Stück zersplitterten Knochens – Gewinnknochen nannten sie ihn – zwischen den Fingern halten: Ich habe gewonnen!

Wünsch dir was, sagte Großmutter und ihr zerbrochener gabelförmiger Geflügelknochen steckte zwischen Daumen und Zeigefinger.

Den Großvater bekam sie oft erst am Abend zu sehen. Dann holte er gewichtig den Globus vom

Schrank und trat mit ihr seine Weltreise an. Er fuhr über die Meere, durch die Wüste, zu den Gipfeln der Hochgebirge ... Er drehte an der Erdkugel. Einmal um sich selbst, ein zweites Mal, berührte die glatten bunten Wölbungen. Am schönsten war es am Meer. Die blaue Weite, die schäumenden Wogen. Zweidrittel der Erde ist Wasser, hatte Großvater gesagt. Wenn du den Finger in das tiefe Blau des Ozeans tauchst, bist du mit der ganzen Welt verbunden, und das gold flimmernde Meer spiegelte sich in seinen Augen. Wie aufregend es war, wenn er mit ihr den Fuß auf einen neuen Erdteil setzte ...

„Weißt du noch, Omama? Du hast am Fenster in deinem Sessel gesessen, uns zugelächelt, und deine Stricknadeln klapperten melodisch zu Großvaters Worten."

Manchmal schlich sie sich, wenn Großvater unterwegs war, in seinen Schuppen: Holzteile überall. Auf einer Werkbank lagen Sägeblätter und an der Bretterwand hing ein großer, mit Reißzwecken angepinnter Bauplan. Ein zwölfblättriges Rad. Diverse Skizzen und Zahlen, daneben das Foto einer Windmühle. Enttäuscht, dass es nichts

Spannenderes zu sehen gab, huschte sie wieder hinaus. Die Schuppentür knarrte, und sie hoffte, dass niemand es gehört hatte.

An Sommerwochenenden, wenn es ihm zu schwül wurde in seinem Schuppen, ging der Großvater mit ihr in den Wald. Zur kleinen Anhöhe. Dorthin, wo die Forstschule ein großes Terrain besaß. Eine gerodete Fläche hatte man mit Kiefernsetzlingen bepflanzt: Kiefern wachsen schnell und gerade, sie gehören zu der Pflanzengattung der Nadelgehölze, auch Föhren genannt. Sie zählen weltweit zu den wichtigsten Baumarten in der Forstwirtschaft, erklärte der Großvater. Die Föhren wachsen ohne große Ansprüche, was die Nährstoffe und Feuchtigkeit betrifft, und er prüfte die kleinen Bäumchen nach ihrer Überlebenschance. Sie sammelte mit ihm die Raupen der Schmetterlinge von den Jungkiefern ab. Die Raupen, sprach der Großvater, schaden dem Wachstum der Kiefern.

Wenn sie mit dem Großvater aus dem Wald kam, roch es in der Küche nach *Beern und Klümp*, Annikas Lieblingsspeise. Eine pommersche Spezialität: Birnenkompott wurde in einer Mehlschwitze erhitzt, dazu gab es handgeknetete Semmelklöße.

Wenn sie zurück in die Stadt musste, dorthin wo die Häuser aneinanderstoßen und wie Ertrinkende ihre Dächer gen Himmel recken. Wenn die Schule wieder begann.

Wenn hinter ihr die Haustür zuging, an dessen Holz die Spinnen unermüdlich ihre Netze webten, dann fiel alle Unbeschwertheit in sich zusammen – Schritt für Schritt.

Sie bewegte sich im Zeitlupentempo zum Auto hin, in dem die Eltern warteten. Kaum saß sie auf dem Sitzpolster, schloss sie die Augen und sehnte sich nach Großmutters faustdickem Wollknäuel im Schoß, dem kletternden Wollfaden, der sich mal hängen und mal fallen ließ. Nach dem Großvater. Seiner Weltreise. Dem weiten Himmel, den Wiesen, dem Wald.

Annikas Tränen verzittern in Bildern der Erinnerung: Das Jahr sechsundachtzig. Ende April. Am Horizont stieg statt der hellen Linie eine schwarze Wand auf, ein Gewitter kündigte sich an, und mit ihm war nichts mehr wie zuvor …

Es brauten sich dumpf violettgraue Wolkenmassen zusammen, ein erster Blitz spaltete die Wolkendecke. Ein Knall folgte und nach wenigen Sekunden brach der Regen los. Großmutter eilte auf den Dachboden, um an den undichten Stellen im Dachfirst eine Schüssel aufzustellen.

Wassermassen stürzten senkrecht auf die Erde herab, der Großvater lief zum Schuppen, schloss Fenster und Türen und kam pitschnass zurück ins Haus. Annika saß in dem alten Lehnstuhl und trocknete sich mit dem Frottiertuch die Haare. Großvater ging an ihr vorbei zum Radio. Er hatte die Gummistiefel noch an, hinterließ nasse Spuren auf dem Teppich, schaltete den alten Rundfunkempfänger ein und meinte aufgeregt, der Nachbar habe etwas von einem Unglück erzählt ... von radioaktiver Strahlung ... von Gefahr. Er hing seine Ohrmuschel an das Radio.

Eine große dunkle Wolke, von Osten kommend ... Die Berichte aus dem Osten verfinsterten Großvaters Gemüt. Es war, als hätte man ihn, einem Scherenschnitt gleich, mit einer scharfen Schere aus seinem bisherigen Leben herausgeschnitten.

Er holte seinen Globus vom Schrank, stellte ihn auf den Schreibtisch, drehte an der Erdkugel. Strich mit seiner groben Hand über den Globus. Ein kurzes Lächeln. Dann wurde sein Blick weiß und leer, wie ein Mond in eisiger Nacht. Man wusste nicht, ob die Gedanken hinter seiner Stirn sich in Vergangenem ausbreiteten oder in eine nahe Zukunft gingen, einen Plan umkreisten, ein Vorhaben. Zwischen krummen Schultern hing sein kantiger Kopf und über gefältelten Säckchen funkelten traurige Augen.

Annika lief zu ihm: Eine Weltreise? ... ans Meer? Sie wollte aufheitern, doch er schien sie nicht zu hören. Ukraine, murmelte er, suchte in einem Gewirr von Grüntönen nach kleinen schwarzen Buchstaben: Tschernobyl, stammelte er und tippte mit dem Zeigefinger auf die Schriftzeichen. Er redete von einer Giftsäule. Von Wolken, die wie Tiere aussähen. Wolken, die zerplatzen wie ein geschwollener Bovist.

Atmen, Leben, Sprechen, Schreien ...

Als Annika an einem der folgenden Tage am Morgen zur Großmutter in die Küche kam, stand diese am Herd, wischte sich die Hände an der Schürze, nahm ihr Enkelkind in den Arm: Dein Großvater hat uns verlassen ...

Die Morgensonne schien ins Fenster, die Wanduhr tickte, der Vorhang blähte sich. Sie spürte

97

Großvaters Abwesenheit wie einen dunklen kühlen Schatten.

Im Dorf erzählte man sich, er wäre verstört gewesen, hätte wirres Zeug vor sich hergeredet, wäre mit Rucksack und Stock in die Stadt gezogen. Andere wussten zu berichten, sie hätten ihn gesehen, ziellos im Wald herumirrend, von einem Windrad redend, die starren Augen zum Himmel gerichtet.

Und Großmutter? Warum hatte sie ihn gehen lassen? Warum ließ sie nicht nach ihm suchen? Annikas Welt war plötzlich auf den Kopf gestellt – ausgehöhlt, zerrissen.

Lass ihn! Er ist zwischen zwei Fronten geraten und weiß nicht mehr die Seite, auf der er steht.

Großmutter erzählte von Krieg und Gewalt, von Umweltzerstörung. Von Großvaters Gefühlswelten, die tief in seinem Inneren schmerzhaft rumorten. Worte, die Annika nicht verstand.

Einmal, als sie für Großmutter die Zeitung aus dem Postkasten geholt hatte, klemmte zwischen dem Papier ein Brief. Sie erkannte Großvaters schnörklige Schriftzeichen auf dem Umschlag.

Die Großmutter nahm ihn eilig an sich und steckte ihn in ihre Schürzentasche. Ihr war es, als habe sich der Brief von ihrem Max fortan wie ein wärmender Mantel um Großmutters Herz gelegt.

„Weißt du noch …? Mitte Mai, Großvater war immer noch nicht zurückgekehrt, haben wir die Zeitungsmeldungen und Warnungen ganz einfach ignoriert …"
Großmutters Atmung ist plötzlich flatterig, als wolle ihre Lunge bei diesem Unternehmen nicht mithalten. Am Monitor über dem Bett schnellen die grünen Zacken in die Höhe.
Annika redet weiter:

„Wir haben in der Erde gegraben, die Dahlienknollen und Gladiolenzwiebeln in den Boden gesteckt, die Blumenrabatten wieder zum Leuchten gebracht. Die roten Tulpen glänzten im Sonnenlicht, die Köpfe der Margariten waren größer und kräftiger denn je zuvor.
Du schenktest mir ein Lächeln, ich lächelte zurück, die Welt war für eine kurze Zeitspanne wieder in Ordnung."

Als die Eltern gerade dabei waren, einen Käufer für das Haus zu suchen, und für die Großmutter eine kleine Wohnung in der Stadt, stand Großvater plötzlich vor seinem Haus wie ein Fremder, der um Almosen bittet.

Sein Leben hatte sich in unzähligen Linien in sein Gesicht eingerieben, Wind, Wetter, Widrigkeiten. Tiefe Gräben unter den Augen. Die Haut gegerbt und gefleckt. Die Wangen hingen schlaff herunter.

Annikas Mutter nahm ihn mit ins städtische Krankenhaus. Sie überwachte Großvaters Gesundheitszustand, ordnete Untersuchungen an, und sprach schließlich von einem bösartigen Tumor, der den ganzen Körper überwuchert habe; von einem Kampf, den Großvater nicht gewinnen konnte.

Ein Student erzählte später von Großvaters Aktivitäten: Sie hätten vergeblich versucht, den Alten wegzudrängen, doch er ließ es nicht zu. Die Anti-Atomkraftbewegung …, er wäre mittendrin gewesen. Man berichtete von Protestaktionen, die er organisiert hätte, von Sitzblockaden, und wie er vor Inbetriebnahme eines neuen Reaktorblockes ein Transparent der Ablehnung durch die Straßen trug. Oft hätte er schmerzverzerrt dagesessen und gen Himmel geschaut.

Immerhin habe er am Baustopp des größten Atomkraftwerkes Ostdeutschlands mitgewirkt.

„Weißt du noch? Jedes Mal wenn der April kam, dieser tragische Tag im April, haben wir Großvaters Globus vom Schrank heruntergeholt, ihn mit einem Tuch vom Staub des Jahres befreit, die Kugel drehte sich, du erzähltest von deinem Max.

Von eurer Hochzeitsreise, die ihr erst viel später nachgeholt hattet.

Du zeigtest mit dem Zeigefinger auf das schmale blaue Band – die Ostseeküste, die imaginäre Linie, dort wo sich das Meer in Ost und West trennte. Du erzähltest von deinem Mann, wie ihr euch kennengelernt hattet:

Darf ich Sie zu einer Radtour einladen? Und du hättest geantwortet: Schrecklich gern! Da hätte dein Max gesagt: Dann lieber nicht! Das *Schrecklich gern* war, mit einem Leuchten in euren Augen, zu einer häufigen Redewendung geworden. Du erzähltest mit geheimnisvoller Stimme vom ersten Kuss. Eurem ersten Stelldichein. Von der Kiesgrube – dem klaren blauen Wasser, in dem ihr heimlich nackt gebadet habt ...

Ich war begierig, alles zu hören.

Du erzähltest von den hellen Tagen in deinem Leben, derer es wenige gegeben haben muss. Du sahst Licht, wo es dunkel war.“

An jenem Tag, als Großvater auf dem Waldfriedhof beerdigt worden war, saß Annika mit ihrer Großmutter in der Nähe des Grabes. Sie schauten zu, wie die Erde aufgeschüttet wurde. Großmutter holte ein zerknittertes Papier aus ihrer Tasche, faltete es auseinander: Ahnentafel zum Nachweis arischer Abstammung. Das Heft habe die Schwiegermutter ihr, zusammen mit Kinderbildern von Max, damals, als er in den Krieg zog, zugesteckt.

Altdeutsche Schriftzeichen auf den Innenseiten des Ausweises, mehrere Pfarramtsstempel mit Reichsadler und Hakenkreuz. Großmutter zeigte auf ein leeres Feld, legte den Zeigefinger auf ihre Lippen: Da ist aus rassistischer Hinsicht etwas nicht in Ordnung gewesen, sagte sie, und dass der Pfarrer es habe verheimlichen können.

Großmutter faltete das Papier wieder zusammen und steckte es behutsam in ihre Rocktasche.

Der jüdische Glaube, so sagte sie, meint, dass die Seele den Körper zum Zeitpunkt des Todes verlässt, dann aber in der Nähe bleibt, bis der Körper begraben ist, deshalb dürfe der Körper nicht alleingelassen werden.

So saß sie mit ihrer Großmutter auf einer Bank unter einer alten Buche zwischen Granitgrabsteinen und Eiben und schaute auf das Grab des Großvaters.

Vor ihnen strahlte die Sonne auf das Grün einer Blumenwiese ...

Plötzlich hatte Großmutter Annikas Hand genommen, als wolle sie sich an ihr festhalten. Ihre Augen schauten unheimlich und die helle wasserblaue Farbe machte sie merkwürdig ausdruckslos.

Ein Blick leer wie die Oberfläche eines Spiegels. Lauter Wortfetzen stolperten aus Großmutters Mund heraus. Manchmal schienen sie anzuschwellen, sie schien sie nicht herauszubekommen, konnte sie auch nicht herunterschlucken. Ein gequältes Gesicht. Ein Stammeln. Dann wieder fügte sie ihre Worte mühelos zusammen, reihte sie schwerelos aneinander. Worte, ganze Sätze schwebten durch den Park, verhedderten sich im Geäst der Bäume, als suchten sie einen Weg und fänden ihn nicht. Großmutter rieb beim Reden beide Hände aneinander, als müsse sie Wärme einspeichern, dann wieder zwirbelte sie den Stoff ihres Taschentuches zu einem wirren Knoten. Sie erzählte von Krieg, von Flucht, Hunger und Leid. Von der Flucht vor den Russen. Von einem Kind: An den Straßenrand zu den anderen Toten gelegt ...

Einfach abgelegt, verstehst du? Kein Grab, kein Segen, nichts.

Wo ist sie jetzt, meine Kleine?

Warum bin ich nicht bei ihr geblieben? Vielleicht war sie gar nicht tot?

Danach redete sie unentwegt von Windeln. Schmutzige Windeln. Windeln im Wald, auf dem Acker, in einem Graben. Windeln zwischen den Toten am Straßenrand. Von der letzten Windel erzählte sie, von einem erstarrten Bündel, das sie mit ihrer Strickjacke zugedeckt habe.

Plötzlich lachte sie ein gefährliches Lachen, und zeigte mit dem Finger auf die Wiese:

Schau dort! Das Kind, auf der blühenden Wiese.

Wer soll sich um die Kleine kümmern, außer mir sieht sie doch keiner.

Großmutters Hirn glich einem Nähkästchen, in dem alle Fäden sich miteinander verknäult hatten.

Diese plötzliche Verwirrtheit.

Man müsste zum Arzt mit ihr gehen …

Annika versuchte das Knäuel zu entwirren, versuchte es mit Worten: Dass auch sie es sehe, das Mädchen. Zwischen tausend leuchtender Gänseblümchen. Es strampele mit den nackten Beinen und freue sich an der warmen Sonne, quieke fröhlich und zupfe an den weißen Blüten.

Großmutter zog zitternd ein kleines zerschlissenes Schwarz-Weiß-Foto aus ihrer Rocktasche:

Meine kleine Maria, sie tastete mit ihren Fingern über das Bild: Hier ist sie zehn Tage alt. Deine Mutter, weißt du, deine Mutter hatte sich immer eine Schwester gewünscht.

Plötzlich verstand sie ...

Die Großmutter hatte ihr oft des Abends am Bett eine Geschichte aus der Bibel erzählt.

Die Geschichte von der hebräischen Mutter, die ihren Säugling vor dem Tod rettet. Ihn in einem Körbchen flussabwärts treiben lässt.

Annika sah, während Großmutter erzählte, das mit Erzharz und Pech verklebte Körbchen mit dem kleinen Moses den Nil hinabschaukeln, sah die Mutter am Ufer niederknien und ihrem Baby nachschauen.

Wenn das Mondlicht langsam das Fensterkreuz erreicht hatte und seinen Lichtstrahl auf die Bettdecke warf, wenn die Tochter des Königs das

Körbchen mit dem Kind gefunden hatte, schlief Annika ein.

Sie streift eine Haarsträhne aus Großmutters verfaltetem Gesicht. Die Stirn fühlt sich kalt an. Feuchtkalt.

Annika möchte wie früher ihre Kinderwange an Großmutters warmen Hals legen. Früher ist vorbei, denkt sie, spürt erneut Feuchtigkeit in ihren Augenwinkeln.

„Weißt du noch?"

Vielleicht hat Erzählen eine heilende Wirkung.

„Erinnerst du dich an das Forsthaus, indem ich – gerade dreizehn Jahre alt – damals so oft war? Du warst eifersüchtig auf die Forstleute. Ich bin im Morgengrauen mit dem Förster und dem Thomas im Jeep in den Wald gefahren.

Wir gingen eine kleine Anhöhe hinauf, zum Hochstand. Dort haben wir den Sonnenaufgang beobachtet und durch das Fernglas die Rehe gesehen, wie sie über die Lichtung zur Wasserquelle liefen. In Wahrheit aber interessierte der Thomas mich, mit dem ich sehr viel später, als du schon bei uns in der Stadt wohntest, beinahe als Ersten ins Bett gegangen wäre. Es war nicht nur das. Ich brauchte, nachdem Großvater verschwunden war, einen zweiten Zufluchtsort.

Du sprachst von verstrahlten Kindern, die du bei dir aufnehmen wolltest.

Ich hatte plötzlich Angst …"

Sie hält Großmutters Hand an ihre Lippen. Leben einhauchen. Wenn das so einfach wäre … Neben ihr tropft die Zeit – zwölf Sekunden, bis der Tropfen mit der Flüssigkeit sich löst und in dem durchsichtigen Schlauch versickert.

„Omama, was ich dir noch nicht erzählt habe: Jarek – du weißt? Du erinnerst dich? Ich habe dir von ihm erzählt … Ich habe ihn verlassen."

Als sie weiterredet, spürt sie, wie ihre Stimme zittert: „Es ist …, ich konnte nicht in Oświęçim arbeiten. Dein Rat, dort zu arbeiten …, ich konnte es nicht. Omama …, dein Kind, dein verlorenes … ich denke, ich sollte es sühnen, für dich. Du hast gemeint, du hättest dich schuldig gemacht. Schuldig am Kindersterben.

Schuld? Schuldgefühle? Das ist Unsinn, Omama: Es war Krieg!"

Annika zieht Großmutters knotige Hand vorsichtig unter der Bettdecke hervor und legt sie auf

ihren Bauch: „Omama, spürst du es? Dein Uren-
kel." Großmutters Mundwinkel zucken, als wollten sie sich zu einem Lächeln ausbreiten.

Die Krankenschwester steht plötzlich hinter ihr.
Sie berührt Annikas Schulter:
„Gerade ist Ihre Mutter gekommen, sie spricht
noch mit dem Stationsarzt."
Die Schwester legt ihre Hand auf Annikas
Schulter: „Ein Sterbender, wissen Sie, ein Sterbender braucht den Tod, wie ein sehr müder
Mensch den Schlaf." Annika steht auf, schaut auf
die Uhr. Ein kurzer Blick zum Weiß des Bettes.
Großmutters Worte klingen in ihr: ... die Seele
lebt weiter.
Annikas Schuhsohlen machen leise Geräusche
auf dem Linoleum. Die Mutter kommt ihr entgegen; in ihren Armen ist sie wieder im Kinderzimmer mit dem Sternendach – den kleinen
phosphoreszierenden Sternchen, aufgenäht auf
blauer Seide. Sie leuchteten in der Dunkelheit
über ihrem Bett.
„Mama, ich muss zurück nach Berlin."
Die Mutter schaut auf die Uhr: „Soll ich dich zum
Bahnhof fahren?" „Nein. Geh zu Omama, vielleicht hat sie dir noch etwas zu sagen ...„

VI

Niemand soll die Tür einschlagen müssen …
Den Wohnungsschlüssel habe ich steckengelassen.
Die Fotos entfernt.

Bildlos hängen die Rahmen an der Wand.
Ein freier Platz.
Vielleicht für Erinnerungsfotos aus verschwitzten
Uniformjacken?

Das Kreuz über dem Ehebett bleibt an seinem Ort.
Russen sind gottesfürchtig – religiöse Menschen, sagt man.
Andere Dinge, die man auch noch sagt, versuche ich zu
verdrängen.

Das Porzellan hätte ich gern mitgenommen – ein Hoch-
zeitsgeschenk.
Es hat keinen Platz im Kinderwagen.

Bevor ich die Tür ins Schloss fallenlasse, schaue ich noch
einmal zurück: Max warmer Wintermantel hängt auf
einem Bügel an der Garderobe …

Vater, Mutter, Kind

Zuerst müssen Sie sich einer Hormonbehandlung unterziehen ... Um die Eierstöcke zu stimulieren, erhalten Sie täglich eine Woche lang Spritzen, ... Ultraschalluntersuchung in festgelegten Abständen ... Eizellen werden entnommen, diese kommen zusammen mit den Spermien in ein Reagenzglas. Hier findet die Befruchtung statt, die so entstandenen Embryonen werden in die Gebärmutter gegeben. Im günstigsten Fall nisten sie sich dort ein und es entsteht eine Schwangerschaft.

Der Gynäkologe redete, als ginge es darum, vor seinem Professor ein „cum laude" noch einmal zu verteidigen. Er redete in Metaphern, weil er wohl glaubte, eine Medizinerin mit Examen und Promotion müsse eigentlich Bescheid wissen.

Karin erinnerte sich sehr vage an die Vorlesungen im letzten Semester.

Ein Körper, plötzlich Werkzeug und Gefäß ...

Und Andreas? Hörte Andreas richtig zu? Er starrte in das Gesicht seines Gegenübers als ginge es auf eine Fahrt ins Weltall, indem der Arzt weiterredete: Am Tag der Eizellenentnahme muss Ihr

Mann erneut Spermien abgeben. Nach entsprechender Aufbereitung werden Samen und Eizellen in ein Reagenzglas gegeben.

Nach ungefähr vierzehn Tagen … Die Augen ihres Gynäkologen schossen hinter den Brillengläsern hin und her wie Fische im Aquarium.

Bitte Andreas. Ein Versuch! Ein Versuch ist es doch wert, oder?
Das Segelboot ist schließlich kein Kinderersatz, dachte sie.

Als Annika geboren wurde, war Andreas auf einer Dienstreise in Stendal. Dort wo man mit einem neuen Bauprojekt für ein Atomkraftwerk beginnen wollte.
Er kam in die Entbindungsklinik als seine Tochter drei Tage alt war. Sie sieht sich durch den Flur gehen, das schreiende Kind in den Armen, das sie schaukelnd, wiegend an der Schwelle zum Besucherraum, Andreas in den Arm gab:
Du bist der Vater –, das Kind wurde ruhig und schaute mit großen Augen.

So hätte es bleiben können …

Annika war ein schwieriges Baby. Sie schrie viel, wollte nicht trinken. Die Milch musste abgepumpt werden. Karins Nerven lagen blank.

Oft war sie mit dem Kind bei den Eltern. Der Kinderwagen stand mit einer Gardine zugedeckt im Garten: Damit die Vögel dem Kind nicht die Träume stehlen, hatte ihre Mutter geflüstert. Und: Man muss aufpassen, der Schädel ist noch nicht geschlossen. Aufpassen, dass es keinen Zug abbekommt; eine Lungenentzündung wäre der Tod. Schreien lassen, lass es schreien. Wegen der Lungen. Und immer schön in die Sonne legen, wegen der Knochen.

Von Achtsamsein, sprach die Großmutter, und Muttermilch, die für das kleine Wesen so wichtig sei. ... Ruhe, Karin, du brauchst Ruhe, wegen der Milch.

Sie sah den neuen Glanz in ihrer Mutter Augen, das Lächeln hatte eine fremdartige Leuchtkraft.

Karin genoss die Sommertage im heimatlichen Garten.

Annikas Schreien hatte sich im Lindenbaum verloren und in ein kleines glucksendes Lachen verwandelt. Manchmal legte sie sich ihr Kind auf den Bauch. Wenn die feuchtwarmen Hände der Tochter ihre Haare packten, sie ihr übers Gesicht zogen, wenn sie den Atem des Kindes an ihrer Wange fühlte, vergaß sie Zeit und Raum.

Die Stadtwohnung glich einem Zigeunerlager. Windeln hingen auf der Wäscheleine zum Trocknen in der kleinen Küche. Ständig kochte der Windeltopf über. Annika krabbelte auf dem Fußboden herum und pickte mit ihren kleinen Fingern die Brotkrümel auf, weil der Möhrenbrei noch nicht fertig war.
In dieses Chaos kam Andreas, setzte sich müde ins Wohnzimmer in den Sessel und wartete Zeitung lesend auf sein Abendessen.

Als sie wieder in die Medizinische Klinik zur Arbeit ging, wurde der Tagesablauf geregelter. Andreas brachte seine Tochter am Morgen in den Kindergarten und sie holte ihr Kind am späten Nachmittag dort ab. Abendessen, Zähneputzen, Schlaflied und Gutenachtkuss.

Als Annika mit vierzehn keinen Gutenachtkuss mehr wollte, war es ihr wehmütig ums Herz. Vierzehn: Pubertät. Umwandlung. Veränderung. Das Jahr neunundachtzig. Ein Wendepunkt auch im Land.

Sie hatte das Gefühl, Andreas Wendemanöver waren misslungen. Er erzählte nicht viel, jedoch sie spürte seine Apathie.

Alle Aktivitäten waren im Keim der Veränderung erstickt.

Auch auf seinem Boot, in das er sich, immer wenn es schwierig wurde um ihn herum, zurückzog.

Er wollte nicht den Kopf einziehen müssen, weil sich der Wind gedreht hatte. Nicht vor dem Wind, nicht am Wind. Kraftvoll energisch kreuzte er, bis er sich im Wind treiben ließ.

Um ihn aus seiner Lethargie zu befreien, war Karin zum Hafen gefahren.

Wie in alten Zeiten. An einem Wochenende Anfang Juli. Mit ihrem Fahrrad, den Brunchkorb auf dem Gepäckträger. Tochter Annika war mit ihrer Schulklasse auf einer Fahrt nach Paris unterwegs. Andreas hatte die Segel gehisst und sie befuhren die altbekannten Wasserstraßen – nostalgisch genau.

Der See war bleiern. In kühler Tiefe spiegelte sich das warme Blau des Himmels. Libellen tanzten auf dem Wasser. Andreas schaute grimmig, irgendetwas hatte sich in ihm verändert – er hatte sich verändert.

An jenem Tag lag sie unter der Fock auf dem Vorschiff, die Fingerspitzen im Gekräusel des kühlen Wassers. Zwei Schäfchenwolken über ihr, träumte sie sich in eine andere Welt. Es war so still, dass sie das Knurren von Andreas hörte, der auf Wind wartend an Ruder und Großschot saß. Vielleicht hatte sie sein Brummeln dazu gebracht. Vielleicht ...

Vielleicht war es die liebevolle Geste, das sanfte Streifen seiner großen kräftigen Hand über das Holz des Bootes. Sie blinzelte ihm zu, und schon sprudelte es aus ihrem Mund heraus: Stell dir vor, wir würden zusammen eine Reise machen. Man kann jetzt die ganze Welt bereisen!

Mittelmeer, zum Beispiel. Eine Kreuzfahrt vielleicht, und sie dachte an ihre Freundin, die diese Reise gebucht hatte und nicht gern allein fahren wollte.

Worte vorbehaltlos durch die sirrende Luft zu Andreas geworfen, machten sie glücklich.

Wir fahren nach Venedig, schauen uns die Stadt an und checken dann zur Kreuzfahrt ein.

Wir lernen die Mittelmeerinseln kennen: Rhodos, Korfu..., sie weiß nicht, was sie noch alles sagte.

Es waren einige Sätze zu viel.

Eine Kreuzfahrt? Ohne mich, hatte er gesagt und sich ruckartig erhoben. Drohend aggressive Laute flogen über den Segelmast und hatten selbst die Wasservögel in der Bucht beunruhigt.

Ein Kreuzfahrtschiff? Das glasklare Blau zu einem Vergnügungspark erniedrigt, ohne mich!

Doch ihre Sehnsucht war davon nicht beeinträchtigt. Sehnsucht, ein unbestimmtes, löchriges Wort für einen gelegentlichen Wunsch. Sehnsucht als Faden, der den Raum zwischen ihm und ihr mit einem Spinnennetz überwucherte.

Die Sonnenstrahlen zitterten auf dem Wasser. Das Segel verlor seine Richtung und Andreas sein Gleichgewicht. Er klatschte ins Wasser. Sie setzte sich auf, um zu sehen, an welcher Seite er kraulend heranschwimmen würde. Aber es kam kein Andreas. Ein Wasserstrudel, ein Wirbel, Kreise auf der Wasseroberfläche, groß, dann immer kleiner werdend. Stille. Das Boot spiegelte sich in einem Netz von Sonnenkringeln wie eine verschlüsselte Botschaft.

Damals hatte er es zu weit getrieben.

Wie ein Schwan, aufgeregt mit den Flügeln schlagend und auf sein Weibchen wartend, winkte er ihr vom Ufer zu.

Am nächsten Tag rief sie ihre Freundin an:

Hallo, ich komme mit!

... die Kreuzfahrt, du sprachst doch von einer Kreuzfahrt. Was ..., wie ..., storniert?

Karin konnte ihre Enttäuschung nicht verbergen.

Marion, promovierte Chemikerin, seit der Auflösung ihres Betriebes arbeitslos ...

Sie habe kurzfristig eine neue Arbeitsstelle gefunden: Pharmavertreterin. Sie sprach von Schulung und Einarbeitung und Probezeit ...

Worte ratterten an Karins Ohr wie eine alte Filmrolle, die sich abspulte. Reise? Jetzt? Nein, unmöglich.

Unglaublich, sie – die promovierte Chemikerin – klang so euphorisch, als hätte man ihr eine Stelle im Laborforschungszentrum in New York angeboten.

Karin legte enttäuscht den Hörer auf die Feststation. Jedoch ihr Unternehmungsdrang kannte kein Zurück.

Sie ging ins Reisebüro, buchte eine Kreuzfahrt auf dem Mittelmeer und ließ Andreas allein über die bekannten Gewässer schippern.

Vielleicht hätte es ein Traum bleiben sollen ...

Sie schwankte zwischen Kabinentür und Bullauge, zwischen Bangigkeit und Abenteuer hin und her.

Einen wunderschönen Guten Abend, hier spricht ihr Kreuzfahrtdirektor … Eine flammende Begrüßungsrede. Man lud ein zum Kapitänsempfang in die Sirocco Lounge.

Ihr Herz klopfte mächtig. Sirocco Lounge? Auf dem Deckplan, der an der Kabinentür schaukelte, sah sie den kleinen roten Punkt mit der Nummer ihrer Kabine und drum herum einen farbigen Irrgarten. Ihr war unheimlich.

Was ziehe ich an?

Das kurze Schwarze? Oder doch lieber das rote lange Kleid?

… Kleiderordnung, wie lächerlich!

Andreas, bitte!

Ich nehme das rote.

Make-up, Puder, Lippenstift.

Dezente Musik aus dem Lautsprecher.

Ein Fahrstuhl ersparte ihr das Herumirren in labyrinthischen Gängen. Es glitzerte und funkelte. Bunt frisierte Damen im Arm weißhaariger Herren. Immerhin, ein Arm in den sie sich hängen konnten.

Der Kapitän, jugendlich, elegant. Sie sah das Licht der Scheinwerfer auf dem Seidenglanz seiner dunklen Haare. Paare trennten sich und umrahmten für den Moment des Blitzlichtaufflammens den Kapitän.

Sie wollte unbemerkt vorbeihuschen, jedoch der Fotograf schob sie ins Scheinwerferlicht … Sie, die keinen Rahmen hinbekam, so allein.

Den ganzen Abend wanderte sie umher. Wenn es eine Eigenschaft gab, die sie besonders auszeichnete, war es die Qualität ihrer Wahrnehmung. Sie wusste sofort, wohin sie schauen musste, sie unterschied das Wesentliche vom Unwesentlichen, sie kannte die Unzuverlässigkeit des menschlichen Blickes. Wahrnehmung und Beobachtung. Sie sah Gespräche und Sprecher vorübertreiben, hörte auf Unsinniges, Zusammenhangloses, bemühte sich manches Mal, es zu verstehen.

Sie hielt sich an ihrem Sektglas fest, schlenderte über das Deck, stellte sich hierhin und dorthin und blieb doch ohne Anschluss. Sie sah auf das Meer, die mondbeschienenen Wellenkämme, ihre Sehnsucht war plötzlich eine andere.

Am nächsten Tag steckten die Fotos vom Vorabend an einer Pinnwand, sie sah auf dem Gang zum Buffet das Gesicht des Kapitäns in leicht angestrengter Freundlichkeit tausendfach herüberschauen.

Das Schiff schwankte – ein Wechseln von einer Seite auf die andere. Sie saß an Deck an einem Tischchen nahe der Reling. Ganz weit unter ihr das Meer. Auf dem Wasser lag die Gischt wie eine Spitzenborte. Würde sie einen Stein ins Wasser werfen, das Geräusch des Eintauchens wäre hier oben nicht zu hören. Dunkelblaue Wellen schlugen gegen den Bug. Ihr Kaffee schaukelte sich ein in den Rhythmus, der vorgegeben war.

Geschirrgeklapper im Wettstreit mit dem Rauschen der Wellen, das schließlich zum Verlierer wird. Ein ständiges Hin und Her mit randvollgeladenen Tellern vom Buffet.

Ein dunkles Gesicht beugte sich zu ihr herab. Schmale Wangen. Augen, die frei in den Höhlen liegen – traurige Augen. Thailand oder Indien. Der Mund breitete sich zu einem Strahlen. Eine Frage, ein Gemisch aus Englisch und deutschen Lauten. Nein danke, sie mochte nichts essen. Das Lächeln war urplötzlich weggewischt, und sie sah ein hungerndes fernes Land im Blick. Sie hätte sich ein Menü bringen lassen sollen.

Nein, sie mochte nichts essen. Sie erhob sich und versuchte einen Rundgang über ihre Wunscherfüllung. Sie schaukelte vorwärts. Der Wind tanzte mit ihr, hielt sie fest, zerrte an ihrem Körper. Sie musste aufpassen, dass er sie nicht zu Boden riss.

Eine schmale Treppe. Sie hielt sich krampfhaft am Geländer fest, erreichte das Pool-Deck.

Im Pool planschten Kinder. Das blaue Wasser schaukelte im Quadrat auf und ab.

Ihre kleine Tochter. Der bunte Badeanzug. Ihr Körper, braungebrannt, glatt und schön. Ihr Haar wurde in der Sonne heller und ringelte sich durch die Feuchtigkeit der Luft. Sie konnte mit fünf Jahren schon schwimmen. Wenn Andreas in der Mitte des Sees Anker geworfen hatte, bombte sie ins Wasser und schnellte, das Gesicht von ihren Haaren bedeckt, wie ein Korken wieder nach oben. Manchmal schlug sie mit den Armen um sich – ein wendiger kleiner Fisch ohne Furcht.

In Rhodos wurden sie mit Tenderbooten ans Ufer gebracht.

Busse fuhren an verschiedene touristische Attraktionen. Sie hatte diese Ausflüge nicht gebucht. Sie blieb zurück, besichtigte die Burg, man wollte gerade schließen, so war sie allein in den alten Mauern. Sie umrundete die Festungsanlage.

Abendsonne lag über allem. Das rote Licht. Die Stille. Sie lief zum Strand. Die Sonne war inzwischen ein großer kaminroter Ball, weich und leuchtend, und stand so niedrig, dass sie auf dem Meer zu ruhen schien. Das Meer warf kleine Wellen, sie zog ihre Sandalen aus, lief am Ufer entlang, wich dem Wasser aus, das ihre Fußspuren sofort verschwinden ließ. Ihre Füße im Sand. Seltsam, man sah ihnen die Einsamkeit an.

Sie rieb einen Fuß am anderen, um den Sand zu entfernen. Ihre Gedanken glitten über die Weite des Meeres, den Horizont, über den Himmel mit einer Wolke zu Andreas. Sie sah sein Segel im Abendwind, wie es sich bläht, sah seinen schlanken Körper, wie er sich über das Heck beugt, um den Anker aufzuholen. Sein Haar fällt ihm in die Stirn und er schiebt es mit einer Geste zurück, die sie an ihm liebt und tausendmal gesehen hat.

Santorin – die griechischen Vulkaninsel – wirkte vom Schiff wie ein mit Schnee bekleckster Felsen. Vom Land aus sah sie vor dem Hintergrund des grauen Gesteins das Kreuzfahrtschiff, strahlend weiß – ein schwimmender Tempel. Wohlstand und Vergnügen. Arbeitsplätze für die Ärmsten der Armen, dachte sie.

Sie stieg hinauf nach Thira, zur höchsten Stelle des Ortes. Vom Gipfel ein schwindelerregender Blick auf die Bucht. Ihr war es, als wäre sie aus der Gegenwart herausgetreten.

Das starke Licht, klar und farblos über der Insel. Weiße Häuser, ausgeschüttet wie Würfelzucker. In den schmalen Gassen drängten sich die Touristen.

Sieh mal: Blonde, braune, behütete Köpfe. Wie emsige Ameisen, die die Ruhe stören. Sie streckte die Hand aus, um sich an eine Schulter zu lehnen ..., doch da war kein Andreas. Die glückliche Bewegung aus der Tiefe des Körpers, sie konnte sie nicht teilen.

Am Kraterrand die blaue Kuppel einer Kirche, mit dem Blau des Meeres eine Einheit bildend. Der Geruch von Sand, Meer und Kräutern.

Zurückgekehrt an Bord, suchte sie auf dem Sonnendeck einen Liegestuhl.

Towel, Madame? Handtuch? Wieder so traurige Augen, die ein Lächeln versuchten. Sie hatte das Badetuch vergessen, das auf jede Liege gehörte und spürte eine leichte Röte in ihrem Gesicht. Thank you very much!

Plötzlich ein durchdringender Blick auf sie gerichtet. Die Liege neben ihr war besetzt. Vielleicht doch noch jemand an Bord, der auch allein war? Sie blinzelte aus schmalen Lidern herüber, drehte den Kopf unmerklich und sah über buschigen Brauen graulockiges Resthaar. Leuchtend blaue Augen versuchten sich in ihren zu verlieren. Ruckartig bewegte sie den Kopf wieder in die Gerade.

Sie schloss die Augen, als sei Sehen allen anderen Sinnesempfindungen im Wege.

Duft von Frische und Salz lag in der Luft. Ein weicher, warmer Wind strich über ihr Gesicht.

Augen tanzten vor ihr auf und ab. Himmelblau. Graugrün. Schwarze Augen. Überall Augen.

Andreas. Wo sind Andreas Augen? Zwischen den Augenpaaren konnte sie seine nicht finden.

Sie musste eingeschlafen sein. Eine rauchige Stimme holte sie in die Wirklichkeit zurück: Ich habe zwei Liegen für uns auf dem Vorderdeck reserviert. Die Stimme entfernte sich und sie hörte ihren Nachbarn zwischen den klackenden

Treffern seines Stockes auf den Dielenbrettern davonschlürfen.

Damals dachte sie plötzlich an ihre Mutter. Seit ihr Max gestorben war ... Sie war so allein.

Sie hätte die Mutter mitnehmen können ...
Doch diesen Luxus, das viele Essen hätte sie wohl nicht ertragen können.
Tausende Menschen könnte man vom Hungertod retten, hörte sie die Mutter sagen. Sie wäre in ihr Delirium verfallen, hätte trockenes Brot gegessen und ihren Speiseteller der Besatzung im Maschinenraum gebracht.

VII

Flüchtlingstreck. Schreie. Wimmern.
Schleppender Gang ins Ungewisse.
Das Bündel im Arm, die Windel zu Eis gefroren,
Gefühle auch. Gelenke schmerzen bei jedem Schritt.
Blaue Beulen an den Füßen. Das Hirn befiehlt den Bei-
nen: Schritt halten, immer schön einen Fuß vor den ande-
ren. Anschluss an den Treck halten.

Weiter, immer weiter.
Schritt vor Schritt. Nicht fallen.
Aufstehen hätte ich nicht hinbekommen.
Wer stolpert, stürzt, wird vom Flüchtlingsstrom überspült,
zertreten und zerstampft. Menschen zu gefühlslosen Krea-
turen gefroren.
Weit vorn ein Gehöft. Ein Hund bellt. Neue Hoffnung!
Hoffnung, die das Blut in den Adern zum Rauschen
bringt, den schlurfenden Gang schneller werden lässt.

Wie alt ist die Kleine? … sechs Monate, fast sieben!
Milch, vielleicht gibt es Milch für mein Kind …

Der Bauernhof, eine menschenleere, zerfallene Hütte.
Hoffnung zerfällt wie ein Kartenhaus.

Monat Mai

Es war an einem warmen, schon fast sommerlichen Abend, in seinem Kopf schwirrten die Gedanken wie die Insekten um die Verandalampe.

Andreas hatte sich geschworen, offen und ehrlich zu sein, bevor es zu spät ist: Begrabe dein Begehren, du kannst es töten, indem du es ans Licht holst.

… er hatte mit Karin bis kurz vor Mitternacht auf der Terrasse gesessen. Ein klarer Sternenhimmel über ihnen. Ein Druck in der Magengegend.

Gewissenskonflikte, Versteckspiel, Selbstbetrug.

Nein, er war kein Mann für Affären …

Er hatte Karins Hand genommen und all seinen Mut gebündelt. Fledermäuse flatterten, lautlose Schatten, nur eine Bewegung im Augenwinkel. Er spürte ein leichtes Erzittern, als er zu reden begann: Ich muss dir etwas sagen …

Hätte er anders beginnen sollen? Karin schaute ihm in die Augen, das Kerzenlicht flackerte.

Lass mich überlegen: Du bist verliebt.

Ich habe nicht mit ihr geschlafen, wenn du das meinst. Neben der Terrassentür kroch eine Spinne im Schein des Lichtes langsam den Türpfosten hinauf. Sie zog ihre Laufbeine zusammen, hatte sich offensichtlich im Türvorhang verhakt.

Ines, dachte er, Ines würde die Spinne vorsichtig befreien und an einen sicheren Ort setzen. Er sah ihr blondes Haar, leicht gelockt in der Luftfeuchtigkeit des Meeres. Beim Schwimmen trug sie es am Hinterkopf zu einem Knoten gedreht, der durch das Herausziehen einer einzigen Nadel gelöst werden konnte. Wenn sie die Spange entfernte, fiel ihr Haar, im Fall schwingend, ihren Rücken herunter. Sie warf den Kopf nach hinten. Wie ein Taschenspielertrick, eigens für ihn vorgeführt.

… ich fühle mich von ihr angezogen.

Ich weiß nicht, ob Anziehung das richtige Wort ist. Die ärztliche Weiterbildung zu Fragen der Abrechnung, erinnerst du dich? Du hättest dort hinfahren sollen, aber du hattest mich angemeldet. Er versuchte einen Scherz, um das Beben in seiner Stimme zu tarnen: Ein Angestellter hat den Anordnungen seiner Chefin Folge zu leisten!

Als er weiterredete, klang es, als kämen Stimmen von oben, vom Großen Wagen, dem Orion, der Kassiopeia. Er wollte erklären: Ich möchte …, ich will nicht zulassen, dass es etwas bedeutet.

Wie ernst ist die Sache?

Es ist nichts Körperliches. Eine Aura oder so etwas …

Ihr Gesicht veränderte sich. Das Schweigen wurde immer länger. Eine in Tränen erstickte Stimme: Wie alt ist sie?

Er hatte es sich einfacher vorgestellt:

Das Alter …, es ist nicht von Bedeutung.

Mit diesem Satz hatte er alles nur noch schlimmer gemacht.

Etwas Faszinierendes hat sie, er hatte gezögert, wollte weiter reden …, sah zu Karin. Sie saß weit nach vorn gebeugt auf ihrem Stuhl, hatte die Ellenbogen auf die Knie und den Kopf in beide Hände gestützt. Zwischen ihren Fingern tropften die Tränen auf ihre Jeans.

Und er dachte: Was sind drei Tage gegen vierzig Jahre. Gegen eine Frau, die er liebte, die er wie seinen eigenen Atem kannte?

Ein Abendhimmel, der von einer Wolke zerstückelte Mond und er, der neben seiner Frau saß, mit der Hoffnung, dass sie sein Geständnis beiseite wische, wie einen seidenen Spinnenfaden, der ihr mal eben so ins Gesicht wehte. Karin versuchte tagelang, sich ihm zu entziehen, indem sie des Abends in der Wohnung erregt von Raum zu

Raum wanderte. Er folgte ihr, voller Angst, dass sie, wenn er die Augen schlösse, verschwunden wäre.

Irgendwann eines Morgens kam sie aus dem Bad, roch frisch und nach Zitrone. Ihre Haare waren mit einem leuchtenden Baumwollband nach hinten gebunden, sie lächelte ihn an:
Muss ich mich jetzt liften lassen, oder was ...

Eifersüchtig? War sie eifersüchtig gewesen?
Er würde es Misstrauen oder Argwohn nennen.
Traurigkeit auch.
Er könnte recherchieren:
Interdisziplinäres Zentrum für Frauen- und Geschlechterforschung. Eine Statistik besagte, dass mehr Männer als Frauen von Eifersucht geplagt sind.
Urplötzlich fällt ihm der Feiertag ein, erster Mai.
Sein schmerzender Instinkt schaukelt sich vom Brustkorb aufwärts: Warte nicht auf mich, es kann spät werden ...
Natürlich ...!
Es fällt ihm wie Schuppen von den Augen. Lichtreflex im Brillenglas? Schuppen von den Augen ..., er hatte diesen Ausdruck bisher für eine bloße Redensart gehalten.

Es war vor zehn Tagen. Erster Mai.

Er hatte schlecht geschlafen, ein undefinierbarer Kopfschmerz trieb ihn aus dem Bett. Er hatte sich im Bademantel ins Wohnzimmer vor den Fernseher gesetzt, um sich von dem Hämmern in seinem Kopf abzulenken.

Der Nachrichtensprecher sprach von Krawallen in Berlin. Randalierern am Hermannplatz, von einer äußerst spannungsgeladenen Atmosphäre.

Er hatte sich ein Wasserglas aus der Küche geholt, die Schmerztabletten heruntergeschluckt – zwei auf einmal, vorsichtshalber – als er im Fernseher Polizisten mit Schlagstöcken sah. Er schaltete auf das zweite Programm, dort blendete die Kamera Demonstranten ein, die friedlich demonstrierten. Er sah Transparente: Menschenrechte, statt rechte Menschen.

In seinem Kopf legte ein Presslufthammer weit zurückliegende Bilder frei: Erster Mai in den achtziger Jahren ... Pflichtveranstaltung.

Der Versuch, das blaue Fähnchen mit der weißen Friedenstaube zu erwerben, war an jenem ersten Mai gehörig schief gelaufen.

Man hatte ihm die schwere Fahnenstange zugeteilt. Kalte knochige Finger an knochigem Holz.

Feuchtkalt. Er hätte Handschuhe brauchen können. Über Nacht hatte der Winter noch einmal sein letztes Eis geschickt. Eine schwache morgendliche Sonne mühte sich vergeblich, Wärme zu verbreiten.

Es ist Frühling! Energisch hatte Karin am ersten warmen Tag im April die Wintersachen weggeräumt.

Seine Frau, die jedes Jahr um diese Zeit von einem undefinierbaren Kopfschmerz geplagt war. Es wäre, als würden die Schläfen zerplatzen. Indem sie sprach, hielt sie ihren Kopf, als wolle sie ihn aus der Verankerung hebeln und neben sich auf das Kopfkissen legen.

Migräne, bescheinigte ihr die Internistin und Freundin. Und ordnungsgemäß legte sie am nächsten Tag ihrer Dienststelle den Krankenschein vor.

Jedes Mal, wenn er von der Demonstration nach Hause kam, saß sie im Schaukelstuhl am Fenster und las in einem Buch. Ihm war es, als hätte sich ein Lächeln von ihren Mundwinkeln bis in ihre Augen ausgebreitet. Sie schaute von ihren aufgeschlagenen Buchseiten zu ihm auf und fragte, wie es denn gewesen wäre ...

Es gelang ihm kein Lächeln.

Warum hatte er nie Migräne?, hatte er gedacht.

Karin lag zu Hause im warmen Bett, während er fröstelnd mit der Fahnenstange stand und auf den Abmarschbefehl wartete.

Seine Handgelenke schmerzten. Seine Unterarme. Die Schultern. Der Ordnungshelfer ging durch die Reihen. Ein prüfender Blick. Überprüfung der Anwesenheit, ein Häkchen hinter dem Namen. Die rote Nelke, das Papierfähnchen.

Dann der Anpfiff. Man marschierte in Richtung Zentrum.

Durch die bunten Fähnchen im Gesichtfeld eingeengt, suchte er nach einem Stück Himmel, nach den Zeichen des Frühlings. Der Wind trieb weiße Blüten wie Schnee zu ihm herüber. Fahnen wehten im Wind. Ein lustloses buntes Tuch an hohen Masten.

Was, wenn Fahnen aussterben, wenn die Masten leer wären? Eine Welt ohne Flaggen, ohne glorreiche Banner? Ohne visuelle Übertragungen von Informationen, Markierung von Zugehörigkeit?

Er müsse die Fahnenstange nicht so krampfhaft halten, meinte ein Kollege, und grinste Gleichschritt haltend. Feuchtigkeit drang erbarmungslos unter seinen Mantel.

In stakendem Gang liefen sie hinter einem mit Girlanden geschmückten Lastkraftwagen und dessen Abgaswolke her. Im Schritttempo tuckerte das Gefährt zu seinem vorbestimmten Ziel. Eine Blaskapelle auf der Ladefläche.

Hinter Birkenzweigen erkannte er einen gekrümmten Rücken auf dem ein blonder Kopf saß, das Gesicht nahm beim Trompeteblasen eine Farbe an, die mit dem Rot der Transparente und Fähnchen eine Einheit bildete. Das ungepflegte Haar war von der Stirn nach hinten gekämmt. Blitzende Augen, die durch dicke Brillengläser vergrößert wurden. Wie sein Vater, dachte er, nur der war mächtiger … Ein Kribbeln in den Handgelenken. Es hatte sich angefühlt, wie Stacheldraht unter der Haut.

Ein Dröhnen und Quietschen aus gehorsamen Lungen, die sich hinter blauen Hemden verbargen. Man schmetterte mit aufgeblasenen Wangen von oben Kampflieder auf die Köpfe herab.

Er war ein Gefangener zwischen den schiefen Tönen und dem Holz der Fahnenstange.

Die Gedanken sind frei, das Volkslied fiel ihm ein. Wie ging der Text weiter …? *Man kann im Herzen stets lachen* … Nein, zum Lachen war ihm nicht zumute, auch nicht da drinnen.

Aus Lautsprechern Parolen, Losungen, Belobigungen. Der Zug bewegte sich langsam vorwärts. An grauen Häuserfronten klebte Schwarz-Rot-Gold mit dem Ährenkranz; Hammer und Zirkel glänzten in der matten Sonne. Dann ging es an der Tribüne vorbei. Rote Spruchbänder allerorts. Die Regenten winkten von oben herab, er musste sich sehr bemühen, um sich in etwas zu hüllen, das noch entfernt an Würde erinnerte.

Er hatte Rilkes Gedicht im Kopf: Der Panther.
All die Jahre war er sich vorgekommen, wie ein Panther in seinem Käfig. Ein Panther, der in seinem Zwinger auf- und abläuft, ein Gefangener des Willens anderer.
Polizeirevier, Folterung. Nägel steckten in seinem Kopf, schraubten sich in die Tiefe. Neben ihm rollten blutunterlaufene Augen auf einer Tischplatte hin und her.
Unverständliche Worte krachten durch die Luft.
Eine Stimme hinter Mauern:
Es lebe die Arbeiterklasse!
Panzer rollten über den Platz des Himmlischen Friedens in Peking. Er war eingeschlafen – Alpträume hatten ihn gequält, an diesem ersten Maitag vor einer Woche.

Im Fernsehapparat brüllte ein Löwe. Es lief die Sendung: Elefant, Tiger & Co.

Warte nicht auf mich, es kann spät werden … Aus dem Hintergrund, so etwa zwischen Küchentür und Korridor, kam die Stimme seiner Frau. Ehe Karins Stimme in sein zermartertes Hirn gedrungen war, um den Alptraum wegzupusten, fiel die Wohnungstür ins Schloss.

Wo war sie an diesem Maitag vor einer Woche? Hatte sie die Ohrringe, die grünen Elatsteine angesteckt? Die Lippen mit dem Rot bemalt, das sie abends aufträgt, wenn er mit ihr ins Konzert geht? Er sieht sie vorgebeugt über das Waschbecken zum Spiegel hin, einen großen roten Mund und mit dem schwarzen Stift die Augenbrauen nachziehend.

Die braunen Lederstiefelchen mit den hohen Absätzen an ihren Füßen, figurumspielend der Rock, passend zum Kaschmirpullover, den er ihr zum Geburtstag geschenkt hatte. Warte nicht auf mich, es kann spät werden … Eigenartig, sie hatten die Rollen vertauscht.

Jedoch ist sie nicht die Frau, die am Tag der Arbeit zu einer Demonstration oder Kundgebung geht, eher zu Maibowle und Tanz.

Eifersucht ist wie eine chronische Krankheit, denkt er.

Er brüht sich einen zweiten Kaffee auf, ein Druck auf den Knopf der Kaffeemaschine, dann nimmt er den Kaffeetopf und schlappt deprimiert in sein Arbeitszimmer.

… woran lag es, dass er sich verliebt hatte – damals?

Ines war eine exzellente Schwimmerin. Er sieht, wie sie im See davonkrault, das Wasser mit regelmäßigem Arm- und Beinschlag durchpflügt. Wie sie aus dem Wasser steigt, nach ihrem Handtuch greift, mit erhobenen Armen die Haare trocknet und dabei wie eine Tänzerin das Becken kreisen lässt.

Lag es an ihren Bewegungen? Am dunkel glänzenden Braun ihrer langen Haare?

Es waren ihre großen, strahlenden Augen, ihr Gang; der sanfte, biegsame Körper.

Vor dem Fenster zeigt der Kastanienbaum seine volle Blütenpracht. Mai. Monat der Verliebten …

Er schaut auf seine Tastatur, die Buchstaben tanzen auf und ab …, bis auf diese lapidare Maigeschichte waren heute noch nicht viele Gedanken in seinem Kopf, die es Wert gewesen wären, in den Computer zu schreiben.

Er beschließt, in das Chaos seines Schreibtisches etwas Ordnung zu bringen.

Grenzen los, Zensur los,
endlich.
Ein offener Mund jetzt.
Buchstaben bunt schillernd
schaukeln sich fröhlich zu Worten zusammen.

Grenzenlos überschwänglich
verdrängte Sätze zum Klingen gebracht.
Und der Text, er wächst.
Nicht mühelos, nein.
Mundtote Jahre schmerzen noch.
Gedanken auf Papier geschrieben.
Gefahrlos, Zensur los.
Endlich.

Ein vergilbtes Blatt Papier, an den Seiten zusammengerollt.
Schreibmaschinentypen, Marke Olympia.
Warum fällt ihm gerade heute das Gedicht in die Hände?
Er hatte neunundachtzig ein Gedicht aufgeschrieben, dann das Geschriebene mit Reißzwecken an die Pinnwand gehängt und dabei an sei-

nen Vater gedacht: Schriftsteller? Das ist kein Beruf. Brotlose Krakelei, hatte er gesagt, und ihn zum Mathematikstudium angemeldet.

Seine Tochter hatte beim Umzug ins neue Haus einen Stapel Bücher in der Hand, um diese in die Umzugskiste fallen zu lassen ... Da rutschte das beschriebene Blatt zwischen den Büchern heraus. Die Tochter hielt es mit spitzen Fingern hoch: Das kann doch wohl in den Papiermüll.
Sicher hätte sie ihn nicht gefragt, sondern gehandelt, wenn er nicht zufällig neben ihr gestanden hätte.
Papiermüll. So schnell kann Vergangenheit verschwinden. Er hatte ganz entschieden protestiert, daraufhin hatte die Tochter das Papier in beide Hände genommen und die Zeilen gelesen:
Das Gedicht ist doch nicht etwa von dir!
Willst du sagen, du fühltest dich abhängig, unfrei, zensiert? Das glaube ich nicht! Du, der du in deinem Beruf so viele Freiheiten hattest?
Angenommen, er wäre einige Jahre jünger gewesen, habe seine Arbeit behalten. Angenommen, man hätte ihm die wissenschaftliche Abteilung übertragen, das Forschungs- und Entwicklungszentrum.

Anfang der achtziger Jahre hatte schließlich der Volkseigene Betrieb auch im westlichen Markt Bedeutung erlangt. Peripheriegeräte für Heimcomputer.

Angenommen, er hätte an einer Weiterentwicklung gearbeitet. Angenommen, seine technischen Entwürfe wären ohne Beanstandung durch die Zensur gekommen. Angenommen, er wäre berühmt geworden mit seiner neuen Erfindung, wäre er derselbe geblieben?

Treuhand ... Treue. In treue Hände gegeben ... Hände, losgelöst vom Kopf ... Das Herz? In politischen Systemen spielt es keine Rolle. Es schlägt, in zwei Hälften geteilt und Arterien sorgen dafür, dass das Blut in die richtige Richtung fließt.

Seine jahrelang erfolgreiche wissenschaftliche Arbeit – Geheime Verschlusssache –, täglich, jeden Abend nach Dienstschluss eigenhändig in den feuergeschützten, einbruchsicheren Tresor gelegt. Die Arbeit landete neunzehnhundertneunzig auf einem Müllcontainer.

Ein Betrieb im Abbau: Wir verwalten nicht das Ende, wir machen den Betrieb zukunftsfähig! Entlassungen.

Einmalige Geldausschüttungen.

Abfindungen.

Menschen mit ihren Aktenkoffern verließen für immer das Betriebsgelände.

Brachliegende Wissenschaftler.

Die Abfindung, eine gute Summe Startkapital, um Karin eine Arztpraxis einzurichten. Er, Computerspezialist machte sich zum Angestellten in der Praxis seiner Frau, Spezialistin für kranke Herzen ...

Kassenärztliche Vereinigung.

Abrechnungsziffern. Quartalsabrechnung. Steuerrecht. Begriffe, die er in Weiterbildungsveranstaltungen wie ein Analphabet erlernen musste.

Die alte Zeit versank. Straßen, Häuser – ganze Wohnviertel erblühten in frischem Glanz.

Gepflasterte Gehwege. Schaufenster, vollgestopft mit Waren. Neue Automarken prägten das Stadtbild. Urlaubsflüge in den Süden.

Andreas hatte permanent das Gefühl, die neue Zeit streife über ihn hinweg. Er kam sich vor, wie eine Schnecke, die sich zusammenzieht, wenn man sie mit einem Stock berührt.

Heute geht er durch die Zimmer seines Hauses und sucht sein früheres Ich.

Er findet sich manchmal in seinen Zeiten nicht zurecht, torkelt durch die Räume, stößt an Ecken und Kanten. Ihm ist es, als bekäme er keine Luft, als würde er schutzlos im Raum schweben, fallen und auf dem Boden aufprallen. Er fühlt sich von innen her hohl und seine eigene Anwesenheit wird ihm zu viel.

An solchen Tagen sitzt er dem neuen Investor seines früheren Betriebes gegenüber, lehnt sich auf seinem Stuhl zurück, lässt eine Distanz entstehen, die Augen scharf wie Feuersteine, sein Mund eine harte Linie … Eine Springflut von Worten. Wir stehen am Anfang einer großen technischen Entwicklung. Er holt mit einer mächtigen Armbewegung Luft und hält einen Vortrag über seine wissenschaftliche Arbeit, die er in seiner Vision vor der Vernichtung gerettet hat. Er verteidigt seine Erfindung, hört das Geräusch, das die Seiten seiner dicken Studie beim Umblättern machen. Seite für Seite, mit der er den Betrieb auf Vordermann bringt. Eine dicke Akte, die er dem imaginären Gegenüber präsentiert. Er würde … Was würde er eigentlich?

Noch einmal von vorn anfangen?

Sich auf die Schulbank setzen, sich von Herren in Designeranzügen, Boss-Socken und Markenschuhen an den Füßen prüfen lassen?
Wissenschaftlicher Leiter, Abteilung Forschung?

Wann begann es?
Wann begann das Gefühl, die Zeit laufe ihm davon – immer schneller und schneller. Rast die Zeit so, weil man nichts mehr zu tun hat? Liegt es am Älterwerden? Oder an den Zielen? Er hat sich einen Kokon geschaffen – Gespräche – Interaktion, das geschriebene Wort. Eine Gleichung. Wörter, die auf und ab tanzen und manchmal vor seinen Augen verschwimmen, überreife Früchte, die in der Luft hängen, auf seinen Schreibtisch fallen, auf der Tastatur zerplatzen. Worte, zu Sätzen modelliert.
Schreiben: „… *die Axt für das gefrorene Meer in mir*", mit Franz Kafka fühlt er sich seelenverwandt.

Doch heute gelingt ihm nichts.
Heute ist ihm, als müsse er Wasser mit einem Sieb schöpfen.
Vielleicht sollte er einmal in die Staatsbibliothek gehen, wie in den ersten Jahren der Arbeitslosig-

keit, um sich abzulenken, sollte in alten Büchern stöbern. Den Geruch alten Papiers in der Nase. Unzählige Menschheitsgeschichten.

Wenn man nur lange genug in den Büchern liest, dann beginnt sich das Leben zu erschließen, so wie sich nach einer ausgedehnten Schiffsreise der Nebel lichtet, sich das erste Stück Festland mit grünen Hügeln und Felsen und Häusern offenbart.

VIII

Die Erde weiß. Die Luft wie Glas – blaues, flüssiges Glas.

Atemwolken, die immer dünner werden. Ein schreiendes Bündel, dann nur noch ein Wimmern, leiser und leiser werdend, bis es zerflattert, zerweht.

Am Straßenrand dunkle, bewegungslose Gestalten – still und friedlich. Friedlich?

Das Kind ..., es gleitet zu Boden, fällt mir aus dem Arm ...

Ich schaue nicht zurück.

Hasten, stolpern, fallen. Immer weiter Richtung Westen, der Oder entgegen.

Überlebensbefehle im Kopf umklammere ich das raue Holz des Leiterwagens, jede menschliche Regung zerschmolzen im Schnee.

Durch verschlissene Handschuhe pfeift kalter Wind. Menschen zu gefühlslosen Wesen gefroren.

Die Krähen auf dem Schneefeld, sie fressen alles was tot ist. Die schwarzen Vögel riechen den Tod – blutverklebtes, gefrorenes Fleisch. In dieser Welt bleibt keine Krähe hungrig.

Annika

Darf ich dich ins Kino einladen?

Jarek sprach ein gutes Deutsch.

Annika hatte mit Zettel und Kugelschreiber an der Pinnwand gelehnt, um die Wohnungsangebote für Studenten abzuschreiben. Er hatte gelacht, als ihr Kugelschreiber plötzlich streikte, weil sie an der Wand schreibend, ihn zu schräg gehalten hatte. Als er dann ging, sah sie ihm nach. An der Treppe kehrte er noch einmal um, kam geradewegs auf sie zu. Sie wendete sich schnell ab, und bückte sich zu ihrer Laptoptasche, die zwischen den Knien klemmte. Da stellte er die Frage mit dem Kino.

Sie erinnerte sich, dass sie nervös, wie eine Achtzehnjährige beim Abiturball, vor dem Kino stand und alle paar Minuten auf ihre Uhr geschaut hatte. Sie hatte sich vorgestellt, wie sie mit Jarek im Dunkeln sitzt, sich von ihm küssen lässt, sie würden beide den Handlungsfaden des Films verpassen, sie würde an seiner Schulter lehnen …

Jedoch er kam, als der Film schon lief.

Sie saßen in der dritten Reihe und schauten starr auf die Leinwand, als würde ihnen von dort die Zukunft vorausgesagt. Später, in der Studentenkneipe „Zum Paulaner" sah sie seine Augen in metallischem Blau leuchten, die Kerze auf dem Tisch flackerte. Jareks Finger spielten mit dem Stiel des Weinglases.

Er erzählte von seiner Familie. Von seinem Bruder, der zur Spargelernte und auf dem Gurkenflieger in Deutschland arbeite.
Sie sagte nichts. Sie hörte ihm einfach zu.
Sie trank und spürte im Körper ein leichtes, wolkiges Flirren, als sich seine Hand über die Tischplatte tastete.
Sie schaute verlegen auf die Wandleuchte über Jareks Kopf. Der Wein lag als warmes Wohlbehagen in ihrem Körper. Sie nahm mit allen Sinnen seinen Duft auf – salzig, würzig, beruhigend: Genau so sollte ein Mann riechen …

Irgendwann war es ihr, als dämmerte es draußen bereits, aber sie sah nicht hinaus, weil sie Angst hatte, dass der Tag sie beide auseinanderreißt.
Er brachte sie zum Wohnheim. Erste Geräusche der erwachenden Stadt. Sie lief dicht neben ihm, so dass ihre Schulter manchmal seinen Arm berührte. Als sie sich im Eingangsbereich des Studentenwohnheimes gegenüberstanden, hatte er

mit seinen Händen über ihr Haar gestrichen und sein Gesicht darin versinken lassen.

Dann war sie ins Treppenhaus gegangen, stieg die Stufen hoch, zögerte, lief zurück zur Haustür. Sie wollte ihm noch etwas sagen, aber er war nicht mehr da.

Am nächsten Tag sahen sie sich und am Tag danach. Sie gingen im Park spazieren und kehrten am Abend immer wieder in den Paulaner zurück, wo sie ihr Leben voreinander ausbreiteten, sie auf seine Hände schaute, und seine Finger sich am Stiel des Weinglases festhielten.

Erinnerungen tauchten nebelhaft auf ..., der Ecktisch ..., die Lampen, gläserne Kelche an den holzvertäfelten Wänden. In diesen Räumen wurde ihr einmal die Zukunft vorausgesagt.

War das jetzt die Zukunft?, dachte sie, als Jareks Blick in den ihren fiel, sie eine leichte Röte im Gesicht spürte.

Damals feierte sie hier mit den Freundinnen ihren dreißigsten Geburtstag. Sie hatten Spaß miteinander, schauten hinüber zu den Studenten am Nachbartisch, prosteten sich zu, lachten, und amüsierten sich. Sie hatte ein bisschen zu viel getrunken – wurde vom Alkohol eher müde, denn lustig –, als eine Wahrsagerin den verrauchten Raum betrat. Die Wahrsagerin trug ein Kleid aus schwarzem Samt, ihr rotgelocktes Haar bedeckte wie einen Vorhang den Rücken. Sie ging von Tisch zu Tisch, um ihre Dienste anzubieten. Annika ließ sich aus der Hand lesen.

Glaubst du an so etwas? Die Freundinnen spötteln. Lasst mich doch. Endlich würde sie erfahren, wie ihr Leben weiterging ...

Die Wahrsagerin holte aus ihrer Jackentasche ein silbernes Etui, Streichhölzer, eine Kerze. Ihre Armreifen – klackernde, rasselnde Goldglieder mit Glücksanhängern – schwebten über die Tischplatte, als sie die Kerze anzündete. Sie legte einen weißen Chiffonschal über ihr Gesicht, die Mädchen kicherten leise. Die Wahrsagerin ließ sich nicht beirren. Ein schleppender, leiernder Singsang in der Stimme, es sah aus als versetze sie sich schnell und sicher in Trance. Mit geschlossenen Augen wippte sie vor und zurück, und ihre Finger schwebten über Annikas Handteller. Annika bebte vor Spannung, als die Wahrsagerin die Augen öffnete und zu sprechen begann: Sie gehen auf eine Reise in die Vergangenheit, die nicht einfach wird. Ein Ehemann warte auf sie, jedoch sie müsse Geduld haben. Kinder ... ja, Kinder auch. Zwei, nein drei, das könne sie aus den Linien unterhalb des Daumensattels erkennen.

Jarek hatte den Master an der Universität abgeschlossen und eine Architektenstelle in seiner Heimatstadt Krakow bekommen. Um in seiner Nähe zu sein, hatte sie sich für die Stelle in Oświeçim eingetragen – eine neu eingerichtete Konservierungsabteilung warb in einer Fachzeitung um Praktikanten.

Vierzehn Tage hatte sie noch frei, richtete die erste gemeinsame Wohnung ein: Sessel, Tisch, Kommode, versuchte durch die Anordnung der Möbelstücke, dem Raum die Beengtheit zu nehmen. Sie nähte Vorhänge für die Fenster, kaufte Vasen, bestückte sie mit frischen Blumen.
Herzklopfen am Abend: Das Klicken im Schloss der Wohnungstür, die vertrauten Schritte, vertrautes Räuspern.
Er stand vor ihr, hielt in jeder Hand einen Blumenstrauß: Ich konnte mich nicht entscheiden ...

Vor dem Einschlafen lag ihr Kopf zwischen Jareks Ellenbogen. Kerzen flackerten und Blumenschatten tanzten an den Wänden. Auf seine Brust gebettet, las er ihr vor – Erzählungen, polnische Prosa, die er beim Lesen geschickt ins Deutsche übersetzen konnte. Wenn es von der Kirchturmuhr zehn schlug, legte er das Buch zur Seite, ging zum Fenster, um es zu schließen, kroch unter ihre Bettdecke, so dass sein Kopf nun auf ihrer Brust ruhte.

In der Umhängetasche den Baedeker über Kraków, in der Hand den Stadtplan, so lief sie durch die Straßen.

Sie trug ihr rotes, knielanges Kleid, das dichte hellbraune Haar weit nach oben am Kopf zu einem Pferdeschwanz gebunden. Touristen allerorts. Ein Sprachgewirr, das wie ein buntes Netz über der Stadt lag.

Sie besuchte das Czartoryski-Museum, saß lange Zeit vor Leonardo da Vincis *Dame mit dem Hermelin*. In der Marienkirche stand sie verehrend, beeindruckt, bewundernd im Chorraum vor dem spätgotischen Hochaltar des Bildhauers Veit Stoß. Sie schritt durch die Gänge der Basilika. An einem Seitenaltar stand eine Gruppe Japaner mit Kerzen in den Händen. Neben der heiligen Mutter Gottes lehnte eine Tafel mit einer Aufschrift in mehreren Sprachen: Wir gedenken der Opfer des Erdbebens von Fukushima.

Auch sie nahm eine Kerze. Für Großvater. Und begriff, dass sein Vermächtnis wohl unrealistisch war – Tschernobyl ist überall. Und Tsunami und Fukushima waren damals noch Fremdworte für ihn. Sie nahm eine zweite Kerze, gedachte all der Toten und an die verstrahlten Kinder.

Sie lief durch die Stadt bis ihr die Füße wehtaten. Sie saß am Weichselufer, schaute auf den Wawel, mit den Türmen von Schloss und Kathedrale, sie streifte ihre Sandalen ab, rieb die Zehen gegeneinander und bemerkte, dass der Nagellack abblätterte und einen frischen Anstrich brauchte.

Es gab Momente, da spürte sie, dass der nächste das Leben auf immer verändern wird ...

Das rote Ziegelhaus. Die dichte Metalltür, die sich am Morgen mit lautem Knallen hinter ihr schloss, das war so ein Moment.

In aller Frühe brachte der Bus sie nach Oświęcim. Es hatte die ganze Nacht geregnet. Auf den Lichtleitungen saßen Schwalben, wie schwarze Noten in einer Partitur. Von der Bushaltestelle führte ihr Weg vorbei an zubetonierten Gleisen, heruntergekommenen Schrebergärten und einem Zwinger, in dem ein Schäferhund bellte.

Du musst den Wattetupfer anfeuchten. Das Leder absorbiert Fett besser, wenn es feucht ist, erklärte ihr der Restaurator.
Ein Raum. Steril und kalt, wie in einem Krankenhaus. Halogenlampen, weiße Keramikfliesen an der Wand. Mikroskope. Geruch von Chemikalien in der Luft. Ein riesiger Tisch, bedeckt mit einem Vlies. Ein weißer Kittel, Gummihandschuhe, ein kleiner Pinsel. Ein Kinderschuh in ihrer Hand, von dem sie vorsichtig mit einem Wattetupfer den Staub der Jahre entfernen musste. Dann wurde das Leder mit Paste aus Benzin eingefettet, mit Lanolin und Klauenöl.

Sie hätte in Kraków eine Stelle finden können: Polnischer Denkmalschutz, Kloster Mogila, zum Beispiel.

Sie hätte wissen müssen, was sie erwartet.
… sie hatte es gewusst.

Jareks Großvater feierte seinen Namenstag. Jarek fuhr mit ihr in das Dorf unweit von Krakow.

Durch eine leicht hüglige Landschaft über schmale gepflasterte Chausseen, auf holprigen Sandwegen, im Schein einer Sonne, die wie auf Heiligenbildern durch die Wolken stieß. Auf der Fahrt in das Dorf versuchte sie mit Jarek polnisch zu reden, stolperte über Silben, als seien es Treppenstufen. Zungenbrecher, sagte Jarek und stolperte ebenfalls. ... „tschi" und „dsche". Sie lachten und ließen die Buchstaben durch die Luft wirbeln. Jarek entwirrte geduldig ihr polnisches Buchstabenknäuel.

In einer Bauernkate, zwischen Hühnern, Ziegen und kläffenden Hunden, waren sie am Ziel.
Jarek hatte ihr von seinem Großvater erzählt, von der *Armia Krajowa,* dem polnischen Untergrund, dass er mit seinen Leuten gegen Ende des Zweiten Weltkrieges Schienenstränge in die Luft gesprengt habe, sie hätten versucht, die Züge, die gen Osten fuhren, zu stoppen. Einmal hätten sie in einem Waldgebiet Viehwaggons geöffnet und die Menschen in die Freiheit entlassen ...
Großvater Mateusz nahm seinen Enkel in die Arme. Ihr gab er die Hand: Aus Deutschland?, und schaute missbilligend. Dann wandte er sich wieder an Jarek: Habt ihr in Kraków eine ordent-

liche Wohnung gefunden? Eine Arbeitsstelle? Ein Architekturbüro?

Mateusz stellte die Fragen mit der Geschwindigkeit einer Maschinenpistole.

Auschwitz? Restauratorin?

Was willst du dort? Du gehörst dort nicht hin.

Geh zu euren Kirchen und Schlössern, da gibt es genug Arbeit.

Was dachte er sich? Wollte er sie bewahren, schützen? Oder war da ein Funken alter Feindseligkeit?

Sollte sie den Kopf einziehen vor dem Schuldspruch, der immer noch über Deutschland hing?

Sie erinnerte sich an das Sommerlager in dem Jahr nach ihrem Abiturabschluss.

Aktion Sühnezeichen. Polnische, tschechoslowakische und deutsche Jugendliche trafen aufeinander. Fremde Laute. Ein Sprachengewirr von Fröhlichkeit und Unbeschwertheit. Sie hatten auf dem jüdischen Friedhof bei Breslau Unkraut gejätet und umgeworfene Steinplatten neu eingesetzt. Auf den vermoosten Steinen waren hebräische und lateinische Buchstaben vage zu erkennen.

Die Totenruhe sei oberstes Gebot, so erklärte es der Betreuer. In seinen Worten, so hatte sie es damals schon empfunden, lag eine tief liegende

Bewunderung für diese religiöse Gemeinschaft, die trotz weltweiter Zerstreuung ihre eigene Geistes- und Glaubenswelt zu erhalten vermochte. Mit den Steinbergen auf den Gräbern wolle man die Seelen des Toten beschweren, so sagte er, damit dieser in Frieden ruhen kann. So würden von den Gemeinden die Gräber nicht eingeebnet – bei Platzmangel lege man eine Schicht Erde über ein Grab und bestatte einen Toten über den anderen.

An einem Abend in dieser Ferienwoche hatte man einen Holocaust-Überlebenden eingeladen, der erzählen sollte … Doch der Fünfundsiebzigjährige erzählte nicht. Er war mit einem Leuchter und seiner Gitarre gekommen, hatte andächtig die Kerzen angezündet und jiddische Lieder gesungen. Bis weit nach Mitternacht tanzten die Jugendlichen zur Klezmer Musik. Der Leuchter warf siebenfache Schatten, die allmählich zu zittern und zu hüpfen begannen.

Mateusz sprach ein akzentfreies Deutsch, er erzählte stolz von seinen Sabotageaktionen, von der Befreiung polnischer Häftlinge aus deutschen Gefängnissen. In sein runzeliges Gesicht hatten sich Leid und Kummer tief und unwiderruflich eingegraben.

Eure Leute mögen uns nicht. An der Grenze stoppen sie heute noch jedes Fahrzeug, das ein polnisches Kennzeichen hat …, Worte klirrten wie Eiswürfel im Glas.

Jarek fing eine Diskussion an. Er sprach von einem zusammengewachsenen Europa. Über die Drogenschmuggler, die Kriminellen. Über Kontrolle, die leider nötig wäre …

Am ersten Arbeitstag saß sie mit dem Wattetupfer in der Hand, und ihr war, als schaue Mateusz Blick unter den Halogenlampen vierfach zu ihr herüber: Du gehörst hier nicht hin. Was willst du hier?

Sie saß in Fensternähe, schaute auf einen rostigen Stacheldrahtzaun, ein verwittertes Warnschild: Vorsicht! Elektrozaun! Hinter blühenden Holunderbüschen war vage das Tor zu erkennen, das berüchtigte Tor, das Freiheit versprach. Deutsche Worte. Wenige nur noch und doch zu viele.

Eine Schulklasse stürmte lachend und schwatzend zum Eingangsbereich des Museums, sie sieht sich mittendrin:

Die Lehrerin erklärt, berichtet, was sie aus Geschichtsbüchern weiß. Einige wenige Schüler schreiben etwas in ein Notizheft, sie interessiert sich mehr für Peter, der nicht von ihrer Seite weicht. Hat sie die hunderte von Brillengestellen, die Taschen, Schuhe, Kleidungsstücke hinter dem Glas angeschaut?

Was hatte sie sich so gedacht, damals?

Sie wusste es nicht mehr.

Ihr frisch präparierter Schuh lag auf dem Tisch und sie suchte in der Holzkiste nach dem zweiten – hellblau, Größe achtundzwanzig.

Sie sah Angstaugen zwischen dem Leder. Sie glitt behutsam über die Schuhe, als könne sie so all die Kindertränen trocknen.

Zirka 8 000 Kinderschuhe ... Sie hatte im Internet recherchiert.

Neben ihr saß die polnische Kollegin Sylwa:

Was suchst du?

Sylwa arbeitete an einem Lederkoffer.

Luise Neumann, weiße Schriftzeichen auf braunem Grund. Sie hatte wenigstens einen Namen, an dem sie sich festhalten konnte, dachte sie, und sah die kleine Luise, wie sie den Koffer bepackt ... Was wird sie mitgenommen haben?

Klick ... klack, das klickende Geräusch der kurzen eiligen Schritte, die durch den Raum hallten, Sylwas Absätze. Kaffeepause, das schnappende Geräusch, wie sich die Restauratoren die Latexhandschuhe von den Händen zogen. Polnische Laute. Lachen, schwatzen, essen.

Sie saß stumm und fremd dabei. Ihr Frühstücksbrot klemmte irgendwo zwischen Speiseröhre und Magen.

Wo war Jarek?

Auf dem Heimweg hämmerte ihr Herz, je näher sie ihrer Wohnung kam. Sie konnte ihn nicht in die Arme nehmen, ohne an die Kinderschuhe zu denken.

Wenn er eingeschlafen war, lag sie wach. Sie hatte gar nicht gewusst, wie viele Geräusche die Nacht hatte. Es knackste in den Wasserrohren, Schritte hallten im Treppenhaus, Wind peitschte gegen die Fensterscheibe.

Sie hielt die Augen starr geöffnet, ins Dunkel schauend, als könne sie so die Gedanken wegwischen und die Zeit anhalten, die sie durch ihr Schweigen immer weiter von Jarek entfernte.

Wenn die Müdigkeit sie übermannte, schwebte über ihr eine dunkle Wolke. Ein siebenarmiger Leuchter, auf dem die Kerzen brannten, flackerten, schmolzen und wie Hälse von toten Vögeln über dem Kerzenständer hingen. Von einem Wachturm überblickte sie die Baracken, den Stacheldrahtzaun. Manchmal bevölkerten Schreie ihren Kopf, Bilder, menschliche Gestalten. Wenn die Bilder in Zeitlupe zurückrollten, wie ein Videofilm zurückgespult, wenn im Zeitraffer die Menschen rückwärts aus den Kammern kamen, ihre faltigen Körper aufrichteten, sich strafften, sich ankleideten, die Schuhe zuschnürten, ihre Koffer nahmen, sich an den Händen hielten … Wenn die Güterwaggons auf den Schienensträngen aus dem Tor herausfuhren, konnte sie einschlafen.

Manchmal sah sie eine gestreifte Nummer zwischen Gleisen. Ein skelettartiges Wesen, einen Bahnwärter, einen Weichensteller. Wenn der Waggon auf das Abstellgleis rollte, das Tor geschlossen war, die Sonne sich verdunkelte und die Bäume ihre Blätter verloren, lag Jarek neben ihr und hielt ihren zitternden Körper im Arm: Hast du schlecht geträumt?

Sie rief ihre Eltern an, ihr Vater war am Telefon. Sie sagte: Hallo, und … mir geht es gut! Sie war in Gedanken bei ihrem letzten Besuch, dem abendlichen Spaziergang, der Vater und sie, mit raschen Schritten, schweigend.

Es hatte eine ganze Weile gedauert, bis er seine kindische Arroganzschale abgelegt hatte. Er hatte es immer noch nicht überwunden, dass sie sich ausgerechnet in einen Polen verliebt hatte. Und dann die Kommentare: Restauratorin – ein Praktikum in einer Konservierungsabteilung. Konservieren, das hat doch nichts mit Restaurieren zu tun ...

Als er endlich aufgehört hatte, sie mit seinen sarkastischen Bemerkungen zu ärgern, konnten sie normal reden und es wurde noch ein einträchtiger Abend, an jenem Sommertag vor einem Jahr.

Was macht Mama? Nachtdienst?

Sie hätte sich gewünscht, sie könne mit der Mutter reden. Schon nach wenigen Minuten hatte sie keinen Satz mehr herausgebracht. Das Gespräch verlief zäh.

Was hatte sie eigentlich gewollt?

Sie ging durch die Straßen von Krakow, ihre Schritte waren langsam und sie dachte langsame Gedanken. Alles in ihr war gebremst, nahezu erstarrt.

Ein Bild schießt ihr durch den Kopf, ein Bild von ihr selbst, wie sie vor einem Spiegelglasfenster in

Krakow steht, bewegungsunfähig, nach den richtigen Worten sucht. Wie sie sich beengt fühlt, weil sie nicht weiß, wie sie es sagen soll. Sie schaut in ihr Gesicht, die Pupillen ihrer Augen so groß wie die Flecken auf den Flügeln eines Nachtfalters.

Die Luft erzittert von vorbeifahrenden Autos und schrill jaulenden Straßenbahnen – dann wird es stiller, bis die nächste Welle von Fahrzeugen heranjagt.

Sie sieht Jarek hinter ihr stehen, seine schlanke Gestalt im Glasfenster. Die Hände in den Hosentaschen. Er trägt ein grau gestreiftes Hemd mit weißen Kragenecken.

Streifen! Verdammt noch mal: Warum Streifen? Graue Streifen, Streifen überall. Ihre Blicke treffen sich in der Fensterscheibe. Sie wartet das Intervall der Verkehrsruhe ab.

Sie schließt die Augen und zwingt sich ruhig zu atmen, vor allem auszuatmen, was sie, wenn sie sich ängstigt, einfach vergisst. Beim Ausatmen lässt sie stoßweise ihre Worte auf das Spiegelglas fallen: Ich kann hier nicht bleiben …

Jareks Hände befreien sich aus den Taschen, er legt sie auf ihre Schultern: Geh nicht weg, flüsterte er. Versprich mir, dass du nicht weggehst, und greift nach ihrer Hand, umklammert ihr Handgelenk so fest, dass sein Griff auf ihrer Haut Abdrücke hinterlässt.

Nach einigen Minuten, die sie damit beschäftigt ist, die Enge im Brustkorb und Hals zu lösen, und die Nässe in den Augen herunterzuschlucken, bricht sie das Schweigen:

Ich gehe nach Berlin zurück ...

Da lässt er seine Arme sinken, als hätte die Schwerkraft ihn besiegt. Seine Umrisse im Glas, eine Schattenfigur. Hinter ihnen das Bienenstockgesumme des Krakower Straßenverkehrs. Die Straßenbahnen schlängeln sich zwischen den Häuserreihen hindurch, bunt erleuchtete Dunkelheit. Sie spürt ein Flattern in ihrem Leib, einen leichten Stoß. Eine erste Kindsbewegung?

Wir können jederzeit telefonieren, okay? Tränen steigen ihr nun doch in die Augen und sie ist dankbar für die Schatten in der Schaufensterscheibe.

IX

Gehetzt. Weiter, weiter, weiter.
Ich haste, frage nicht nach dem Sinn.
Mein Herz ist stumm.

Ich hätte mich neben mein Kind legen sollen, es im Arm
wiegen ... vielleicht ...

Mit meinem Atem noch einmal Leben einhauchen?

Wenn da nicht der russische Offizier gewesen wäre ...
Angst, Demütigung, Scham, Schmerz.

Ich wäre bei meinem Kind geblieben.
Wie sollte ich weiterleben?

Ich musste weiterleben.
Für ihn, für euch.

Die Freundin

Nachdem sie Jarek verlassen hatte, verschanzte sie sich wie Noah in eine Arche, um zu warten, dass die Unglücksflut, die über sie hereingebrochen war, zu Ende ging. Dass ein Wind käme, dass das Wasser sinken würde, dass sie wieder selbständig denken könne.

Annika hatte keinen blassen Schimmer, was nun kommen konnte. Sie dachte an ihre Freundinnen, die einen Babysitter brauchten, um auf Partys zu gehen. Freundinnen, die sich lange schon in festen Beziehungen aufhielten, die Kinder hatten, eine Familie.

Gescheitert, würde der Vater sagen ...

Sie war zu ihrer Freundin Lisa gezogen.

Lisa, die Biophysikerin. Lisa, die ihr Leben im Griff hatte, Lisa, die alles mühelos auf die Reihe bekam. Lisa, die zu jener Zeit gerade an ihrer Doktorarbeit schrieb: Sie sei dem Geheimnis der Spinnenfäden auf der Spur. Spinnenfäden wären nicht nur elastisch, sondern auch extrem reißfest. Die geordneten Strukturen könne man sich wie ein Gerüst mit Quer- und Längsbalken vorstellen, sie verknüpfen die unstrukturierten Einheiten, erklärte sie. Lisa zeigte ihr am Computer die Zusammensetzung der Spinnenseide: Wären die Fäden zufällig oder parallel angeordnet, würde das Spinnennetz reißen. Jedoch handele es sich hier um eine scheibenartige Anordnung der weichen Einheiten und der geordneten Strukturen.

Lisa musste bei ihren Ausführungen gespürt haben, dass Annika mit ihren Gedankengängen weit entfernt der Theorie von Spinnenfäden war. Die Freundin hatte ihre Ausführungen unterbrochen, den Computer heruntergefahren, ihr in die Augen geschaut, gelacht und gemeint: Ha ..., es gibt auch ein Netz von Krakow nach Berlin; weiche Einheiten und geordnete Strukturen! Reißfest, da bin ich mir ziemlich sicher.

Sie hätte eine Spinne mit auf ihre Arbeitsstelle mitnehmen sollen. Spinnweben enthalten Eiweiß, man nutzt es für Kosmetik – typisch Lisa, über Kosmetik wusste sie Bescheid – das Eiweiß würde einen Film bilden und könne eine Barriere schaffen gegen jegliche Umwelteinflüsse ...

Und, so meinte sie mit erhobenen Zeigefinger: In den ersten Monaten einer Schwangerschaft ist jede Frau gegen äußere Einflüsse besonders empfindsam. Ich kann das bestätigen!

Bist du auch schwanger?

Sehe ich so aus? Nein. Dann würde ich die Doktorarbeit nie durchstehen. Ich bin schwanger gewesen, – das Miststück von Mann hatte behauptet, er hätte Kondome dabei. Ich bin dreimal hintereinander vom Kleiderschrank gesprungen, es passierte nichts. Der Embryo hatte sich so festgekrallt, als wolle er mich bestrafen dafür, dass ich eine Liebesnacht mit einem verheirateten Mann verbracht hatte. Dann habe ich einen Termin zur Abtreibung gemacht ... Lisa schaute ihr direkt in die Augen: Guck nicht so! Ich bin keine Frau für ein Kind, ich wäre keine gute Mutter.

Aber du Annika, du schaffst das! Schaufle dich raus aus deinem Auschwitz-Trauma. Kopf hoch! Ich wette, irgendwann steht Jarek vor deiner Tür.

Sie joggte jeden Morgen durch den Park.

Wie in ihrer Studentenzeit.

Damals war Lisa mitgelaufen.

Vom Prenzlauer Berg hatte man einen weiten Blick über die Stadt. All die Häuser, all die Lebensgeschichten. Sie hatte mit Lisa hier oben gestanden und orakelt, wer wohl unter welchem Dach wohne. Lisa hatte mit ihrem schauspielerischen Talent Ehekrisen zelebriert und sich für

171

eine Nacht zu dem Künstler in das großräumige Atelier mit dem Glasdach manövriert.

Lisa, die alles mitnahm, was sich ihr bot. Lisa, die eine Phase durchmachte, in der sie Haschisch rauchte, zu Trance-Partys ging und in einer vulgären Sprache sprach.

Auf einer Fahrt zu Lisas Eltern, zur Villa am Starnberger See, hatten sie an einer Autobahnraststätte Halt gemacht. Auf einer Bank in der Sonne gesessen. Lisa hatte ihr auch eine Zigarette gedreht: Ein bisschen Gras nur, um die Seele zu lüften, hatte sie gesagt, und scharfzüngig hinzugefügt: So erträgst du die „Heile Welt" in meinem Elternhaus besser.

Sie sprach schrill, wie eine Kreissäge, die sich langsam durch das Holz frisst. Von den Eltern, von ihrer gegenseitigen Angriffslust. Wie sie mit übereifriger Geschäftigkeit in Haus und Garten vor den Kindern ihre Aggressivität zu verbergen glaubten. Schneidende Sätze. Vernichtungsgeschosse aus Worten. Ein jedes mit einer eigenen Spitze. Wie die Eltern die Glut auf ihren Zungen mit einem scheinheiligen flüchtigen Kuss zu stillen versuchten.

Lisa, das geschminkte Gesicht, schwarze Augenränder. Trauerränder.

Sie hatte genussvoll den Rauch in sich hineinge-
zogen:

Ich versteckte mich mit meinem Bruder oft hinter
den Brombeersträuchern. Wir beobachteten, wie
die Eltern mit Spaten und Hacke im Sand wühl-
ten. Einmal hatte Mutter mit rasanter Geschwindigkeit in der Erde herumgehackt, weil sie unbe-
dingt an der Stelle, wo Vater an einem Gehweg
pflasterte, ein Beet für Salatpflanzen anlegen wollte. Da hatte sie Vaters Fuß erwischt und in den
Gummistiefel ein Loch gehauen. Vater war wütend, laut schimpfend zum Haus gehinkt, dort wo
Nachbars Katze an der verschlossenen Haustür
wie ein Kinobesucher vor der Leinwand saß. Er
hatte das Tier mit dem Stiefel weggestoßen, war
ins Haus geschlürft, die Tür fiel krachend ins
Schloss.

Lisa hatte sich eine zweite Zigarette gedreht, zün-
dete sie an, nahm einen tiefen Zug, schaute mit
leerem Blick in die Ferne, stieß langsam den
Rauch wieder aus: Wir lachten, bis uns die Tränen
über die Wangen liefen und schienen in diesem
Duell die Erwachsenen zu sein. Doch sobald wir
am Abendbrottisch saßen, kippte das Gefühl.
Vater schlug mit seinem Löffelstiel auf unsere
Hände, weil sie zu schmutzig waren für seinen

Abendbrottisch, und Mutter hatte ständig an uns herumzunörgeln.

Lisa wartete auf die entspannende Wirkung der Zigarette:

Montags, wenn der Vater mit Krawatte, weißem Hemdkragen und Anzug in seinen Mercedes stieg, war der Spuk für eine Woche vorbei.

Ein – zwei Züge, dann hatte Lisa ihre Zigarette ausgedrückt und sie gingen zum Auto.

Irgendwann, es muss kurz vor ihrem Bachelor-Abschluss gewesen sein, hatte Lisa sich von ihrem Drogentrip befreit.

Annika lehnte am Stamm der alten Buche und schaute auf das Neubaugebiet. Penibel am Reißbrett angelegte, mit Farbtabellen und Wuchskalendern ausgetüftelte Vorgartengestaltung.

Ein Autobesitzer putzte mit einem Lappen an seinem Auto herum – trat immer wieder zurück, betrachtet die polierten Stellen. Im Nachbargrundstück füllte ein Bauherr Steine in ein Drahtgerüst, das vorgab, ein blickdichter Zaun zu werden. Die armen Wesen, dachte sie, eingesperrt hinter Gittern.

Als Kind hatte sie bei den Großeltern Steine gesammelt, sie nach Größen sortiert und Großvater hatte Steingeschichten erzählt. Von Steinfamilien, Kobolden und dem Meer, das tausende Steine ständig in Bewegung hält. Aufgereiht standen ihre behutsam zusammengebauten Steinmännchen im großelterlichen Garten und zierten den Sandweg.

Sie legte beide Hände auf ihren Bauch, atmete tief ein und aus. Noch hatte sie Zeit – wenig nur, maximal zwei, drei Wochen. Sie könnte noch etwas ändern. Wenn sie sich nun gegen das Kind entscheidet? Schwangerschaftspsychose, so etwas geht vorbei, hatte Lisa gesagt.

Wie will ich denn herausfinden, wie das Leben ist, wenn ich vor der ersten natürlichen Herausforderung kapituliere?

Ich muss mit Jarek reden ...

Sie versuchte sich alle seine Reaktionen, sein Gesicht, sein Mienenspiel, seine Worte vorzustellen. Sie würde ihm etwas Zeit lassen müssen ...

Sie nahm das Handy aus der Jackentasche, strich über das Display, zögerte, wählte Jareks Nummer. „Hallo ...", die vertraute Stimme. Ihr Herz hüpfte in den Hals. Sie stotterte: „Ich will ..., ich muss mit dir reden."

Jareks Stimme ließ nur fünf Worte über den Satelliten zu ihr klirren: „Ich bin momentan im Stress", und sie wurde weggedrückt.

Kleine Nadeln schoben sich unter ihre Haut.

Sie begann zu laufen, zu rennen. Ihr Atem flatterte neben ihr her. Sie lief durch den Park, die feuchtkalte Morgenluft brannte auf dem Gesicht.

Wie ein verirrtes Insekt, das sich hoffnungsvoll und vergeblich wieder und wieder gegen das Fensterglas stürzt, suchte sie nach einem Weg.

Die Einsicht, dass nur sie allein eine Entscheidung fällen konnte und endgültig auch musste, ließ sie hemmungslos in Tränen ausbrechen.

Ihre Sportschuhe machten knirschende Geräusche auf dem Kies. Sie lief schneller und schneller und ließ sich ziellos durch die Gassen treiben. Am Abend lag sie erschöpft auf ihrem Bett, fiel in einen unruhigen Schlaf.

Ein Baby in ihrem Arm, es blickt sie an. Lächelt. Dann rutscht es durch die Babyklappe. Eine Metalltür schlägt zu. Ein gedämpfter Babyschrei. Sie rüttelt an der Tür. Es gibt kein zurück – Klappe ist Klappe, sagt eine Stimme.

Sie erwachte.

Schweiß gebadet.
Traumsplitter in Sekundensequenz.

Die 5. Babyklappe im Großraum Berlin!
Drei Minuten bleiben einer Mutter, um ihr Neugeborenes
anonym in der neuesten Babyklappe abzulegen. Dann
alarmiert ein Feuermelder mit 90 Dezibel Hebammen
und Schwestern auf der Neugeborenen-Station. Mütter in
Not können hier ihr Kind uneinsehbar rund um die Uhr
und anonym in das 37 Grad warme Kinderbettchen legen.
Eine Kamera überwacht nur den Innenraum.
Die Mutter kann jederzeit wieder Kontakt zum Kind
aufnehmen. Sie hat keine Straftat begangen.

Die aktuelle Tageszeitung lag noch auf dem Fuß-
boden zwischen ihren Kleidungsstücken neben
dem Bett.
Ein Schrei kam aus ihrer Kehle:
Jarek, wo bist du?
Dein Kind, mein Kind, unser Kind …

Vielleicht mag er keine Kinder?
Sie stellte sich vor, wie sie in Krakow die Treppe
hinauf in die kleine Wohnung schleicht, die Kleider auszieht, ihr Gesicht zwischen Jareks Schul-

terblätter legt, und in einen sanften, häuslichen Schlaf eintaucht.

In solchen Momenten tastet sie erneut nach dem Telefon, wählt die Nummer, schaut auf die elfstellige Zahl, als warte sie auf ein Zeichen aus dem All.

Eines Tages spürte sie wieder Festland unter den Fußsohlen: Eine neue Praktikumsstelle.
Lisa hatte ihr geholfen.
Staatsoper Berlin. Das geschichtsträchtige Haus brauchte jede Arbeitskraft. Sie werkelte mit anderen Praktikanten an den historischen Wandpaneelen.
An jenem Tag, da sie Findley kennenlernen sollte, war sie im Schillertheater eingesetzt. Das kleine Theater, das ebenfalls zum Vertragsbereich des Restaurators gehörte. Sie stand mit einem Kunsthistoriker in der Vorhalle des Gebäudes, in dessen Eingangsbereich man sie mit der Aufarbeitung der Türverkleidung beauftragt hatte.
Der Intendant kam mit einer kleinen Gruppe zum Seiteneingang herein. Sie dachte zunächst an eine Delegation afrikanischer Gäste, eine Führung durch die traditionsreiche historische Kulturstätte.

Als sie vom Gerüst, auf dem sie stand, um die Fresken freizulegen, einen Blick in den Bühnenraum werfen konnte, sah sie die Schwarzafrikaner auf der Bühne. Sie übten ein politisches Theaterstück ein. Mit gekrümmtem Rücken betraten dunkle Gestalten den Bühnenboden. Wie sie später erfuhr, hatten die Kameruner mit Hilfe des Intendanten, der zur Migrantenorganisation gehörte, eine Theatergruppe gegründet, um mit einer Performance auf die Menschenrechtsverletzungen in ihrem Land aufmerksam zu machen. Der politische Widerstand sollte spielend durch Deutschland getragen werden.

War es Bestimmung, Berufung, Schicksal?
Sie schloss sich der Gruppe an.

Brücken bilden zwischen den Einwanderern, deren Familien und uns, sie versuchte es Lisa zu erklären. Und wie wichtig es sei, Orientierungshilfe zu geben. Die Organisation ist ein wichtiger Akteur der Integration, für Fragen des Spracherwerbs, für ein faires Asylverfahren.

Helfermacke, spöttelte Lisa, und Flucht vor deinem eigenen Problem.
Weißt du überhaupt, wie es in den Heimen aussieht?

Die Kommunen werden bei der Suche nach potenziellen Heimstandorten alleingelassen. Privatfirmen sollen sich um die Asylbewerber kümmern. Die Privatbetreiber sind keine Samariter, ihr Geschäft muss sich lohnen, Annika hatte sich in Rage geredet. Sie war empört:

Du verstehst nur deine Spinnennetz-Theorie! Was, wenn dich eine Riesenspinne in Windeseile in ihr Netz verwickelt? Du könntest nicht einmal fliehen!

Am frühen Nachmittag, wenn die S-Bahn fast leer war, saßen sie sich an einem Fensterplatz gegenüber. Sie hatte ihre Hand auf Findleys Knie gelegt. Sie redeten miteinander und schauten sich in die Augen. So konnte er sich sicher fühlen und sie ihn schützen.

Ihr fällt eine Situation in der S-Bahn ein: In der vorderen Tür war ein Kontrolleur zugestiegen: Fahrscheinkontrolle! Findley – in seinem Land Professor für Politikwissenschaften –, hatte sich schlagartig zusammengefaltet, den Blick auf den Boden geheftet.

Sein dichtes schwarzes Haar klemmte wie eine schützende Wolldecke zwischen den Knien. Sie hatte Findleys Hand genommen: Alles ist gut! Du hast einen Fahrschein … Alles ist gut!

Zum ersten Mal hatte sie begriffen, dass sie wirklich gebraucht wurde.

Jeden Dienstag traf sie sich mit Findley in der Mensa an dem kleinen Tisch in der Nische ganz hinten neben der Schwingtür mit der Aufschrift: Nur für Personal. Jeden Dienstagmittag saßen sie dort. Man konnte wählen zwischen Hühnerfrikassee und Reis oder Schweineschnitzel und Kartoffeln. Annika entschied sich für Reis. Hühnerfrikassee mit Reis. Wildreis. Sie aß gerne Reis. Er auch. Sein Gesicht. Die großen Augen – dunkle schöne Augen. Augen der Traurigkeit, der Melancholie. Im Dunkeln konnten sie manchmal leuchten. Sie mochte die Art, wie seine Hand die Gabel umfasste und zum Mund führte, wie er andächtig chicken and rice zwischen seine Zähne schob.

Die Sanftheit, mit der er sie fragend anschaute, wenn er die Gabel zur Seite gelegt hatte: Gehen wir noch eine Runde durch den Park?

Natürlich gehen wir. Und in seinen Augen tanzten Lichter.

Im Gespräch konnte sie die Schatten aufhellen, die sein Gemüt verdunkelten. Deutsche und englische Worte purzelten durcheinander.

Findleys Gesicht war ein offenes Haus, in dem jeder willkommen war, eine unendliche Weite – die Seele des Menschen …, ja, das war es: Er trug sie in seinen Augen.

Sie sehnte sich nach Jarek.

Der Kameruner erzählte von sich und seiner Familie. Während er redete, spürte sie seine dicht unter der Oberfläche liegende, blitzschnell aufflammende Bitterkeit.

Von Frau und Tochter erzählte er, die ermordet worden waren und von seinem Bruder. Er starb in Folterhaft. Er lehnte sich bei ihr an und weinte. Ein verpflanzter Baum, bemüht, neue Wurzeln zu schlagen.

Wurzeln schlagen, hatte sie gedacht, wie denn, wenn die Erde fremd ist?

Ihr fröstelte und seine schwere Jacke, die er ihr überlegte, drückte auf ihrer Schulter, etwas anderes drückte von innen.

Einmal deutete er mit seinen Augen auf ihren Leib: Where´s the father? Lebt er? Du musst zu ihm, that´s lucky! Du darfst es nicht zerbrechen!

Und nun weinte sie an seiner Schulter …

X

Dort wo der Wind sich verliert, dort bin ich gestrandet.

Vielleicht hätten wir reden sollen,
vielleicht …

Jeder trägt seine eigenen traumatischen Erlebnisse in sich.

Wenn Alpträume kommen, halten wir uns einander an
den Händen fest, ganz fest.

Danke, Tochter, für die wunderbare Enkelin.
Lass dir von ihr erzählen …

Sie wird die richtigen Worte finden,
sie wird dir alles sagen,
du wirst meine Traurigkeit verstehen.

Verzeih mir!

Findley

Heute ist ihr alles durcheinandergeraten.

Findley, denkt Annika, und hat den Abschied von der Großmutter noch im Hals.

Findley, es ist zu gefährlich allein zu fahren!

Sie schaut auf die Uhr ...

Was soll ich tun?

Fahre ich ins Wohnheim, fahre ich in die Mensa, fahre ich zu den Freunden? Sie kramt in ihrem Gedankenkasten wie in Großmutters Nähkästchen, sie erinnert sich an die vielen Knöpfe, große und kleine, bunt schillernd. Gedanken wie Knöpfe: Sortiere ich sie nach Farben, sortiere ich sie nach Größen?

Was tun? An den Knöpfen abzählen? Die Sache ist zu ernst, um ein Spiel daraus zu machen.

Sie hätte ihn gleich am Morgen anrufen sollen ...

Annika fährt zum Alexanderplatz. Dann mit der S-Bahn bis zum Rosenthaler Platz: Er wird warten, hofft sie und bleibt auf dem Platz an der vertrauten Stelle stehen, dem Platz, wo jeden Dienstag ein Drehorgelspieler mit einem eingefrorenen Grinsen im Gesicht die Kurbel dreht und seine traurige Melodie über den Platz hallen lässt.

Ein engumschlungenes Paar kommt ein wenig schwankend aus der kleinen Eckkneipe, geht lachend an ihr vorbei. Lisa hatte einmal gesagt: Jedes Paar verbindet ein Geheimnis, das nur den beiden gehört. Wenn sie kein Geheimnis haben, sind sie kein richtiges Paar.

Die Sonne lugt hinter den Dächern hervor, Menschen eilen vorbei. Sie geht zum Park, dorthin, wo er, wenn sie sich verspätet hatte, auf einer Bank saß.

Kinder laufen über den Kiesweg. Sie spielen Verstecken, sie rennen, sie lachen, sie rufen … ihr fällt auf, dass sie noch nie ein Kind hat gehen sehen – sie laufen, sie hüpfen, außer sie werden von der Hand eines Erwachsenen wie mit einer Leine gebremst.

Neben der Bank, die Rotbuche. In den Zweigen aufgeregtes Zwitschern. Eine Meisenmutter verteidigt ihr Nest; sie wird es nicht schaffen … die Krähe wird das Nest bis auf das letzte Kind ausrauben.

Findley ist nirgendwo zu finden und sein Handy bleibt stumm. Sie ruft im Wohnheim an: Gegen 11 Uhr sei er in die S-Bahn gestiegen …, bei seinen Kameruner Freunden, sagt man ihr, wäre er zum Treffen nicht erschienen …

Irgendetwas ist passiert.

Es ist passiert!

Dieser Gedanke wiederholt sich unermüdlich in ihrem Kopf, wie ein Mühlrad, das sie nicht anhalten kann.

Sie läuft zu ihrer Wohnung, ihre Schritte hallen auf dem Asphalt. Wie im Film, wenn eine Frau vor ihrem Mörder herläuft, denkt sie. Vom Platz fährt plötzlich ein Wind durch die Straßenschlucht und rotiert wie ein Gefangener in seiner Zelle. In der Wohnung legt sie die Jeans ab, zieht ein Kleid an, schminkt sich stärker als sonst, es fällt ihr schwer, gerade Linien zu ziehen. Zweimal rutscht sie mit dem Kajalstift ab und muss von vorn anfangen. Dann nimmt sie das Döschen mit dem silbrig schimmernden Lidschatten, trägt mit dem Zeigefinger etwas Creme erst auf das rechte, dann auf das linke Augenlid. Als sie endlich fertig ist, schaut eine Fremde sie aus dem Spiegel an.

In der S- Bahn sinkt ihr Mutbarometer. Sie sieht auf die Uhr: Meistens bleiben die Asylbewerber noch eine Nacht auf der Polizeistation …

Sie steigt an der nächsten Haltestelle aus. Auf dem Bahnhof singt eine Straßenmusikerin, von ihrem lächelnden Landsmann auf der Gitarre begleitet. Vermutlich Weißrussland.

Sie singt das Hallelujah von Leonard Cohen:
Von dem Licht, das aufflammt in jedem Wort.
Egal welches du gehört hast.
Ich habe mein Bestes getan … Hallelujah.

Ich habe mein Bestes getan?
Großmutter, Jarek, das Kind.
Sie erschauert.

Eine junge Mutter mit ihrer kleinen Tochter steht
bei der Sängerin.
Die Kleine legt eine Münze in den Gitarrenkasten
und singt lauthals den Refrain mit: *Hallelujah*.
Sie möchte der Mutter die Hand auf die Schulter
legen: Du hast eine wunderbare Tochter …

Sie läuft zu Fuß noch einmal zur Mensa.
Verstört sitzt sie an dem kleinen Tisch in der Ni-
sche ganz hinten neben der Schwingtür mit der
Aufschrift: Nur für Personal.

Ein leerer Stuhl starrt zu ihr herüber. In dem
Wandspiegel, der Findleys schwarzen Schopf
zerteilte, verdoppelt sich heute der Raum, sie
sieht ein Liebespaar in ihr Blickfeld eintreten und
sich daraus verlieren. Am Nachbartisch tippen
Studentinnen stumm auf ihrem Smartphon her-

um. Kichern, Lachen, Stille. Moderne Kommunikation?

Plötzlich fühlt sie sich alt.

„In zehn Minuten schließen wir", sagt die Kellnerin in mürrischem Ton, schiebt ihr den Teller über die Theke, wischt sich die Hände an der Schürze:

„Vier Euro fünfzig."

Weißer Reis mit dunklen Körnern darin. Wenige braune Körner in dem Weiß … Wildreis, denkt sie, und hat doch das Dunkel in dem Weiß nie wahrgenommen.

Sie isst gerne Reis. Aber heute …, heute kann sie nichts essen. Sie pickt in ihrem Essen, ein winziges Stück Hühnerfleisch und schon dreht sich ihr alles im Magen herum.

Ihr schwindelt. Bilder flimmern auf und ab, alles verschwimmt vor ihren Augen.

Sie läuft zwischen nach vorn gekrümmten Menschen hin und her, will die Körper in die Senkrechte bringen. Findleys Bühnenstück, pantomimisch, tonlose Schreie.

Plötzlich ist ihre Großmutter dabei und hilft, jedoch immer, wenn sie beide das Rückgrat der Kameruner aufgerichtet haben, dann kippen die schwarzen Gestalten wie Stoffpuppen nach vorn und fallen gänzlich in sich zusammen.

„Du musst nichts essen, wenn du nicht magst. Trink etwas!" Hinter ihrem Rücken eine Stimme, eine Männerhand stellt ein Glas Cola neben ihren Teller.

Die Stimme schlägt Purzelbäume in ihrer Brust und aus dem Wandspiegel schaut ein Gesicht, in dem das metallische Blau der Augen leuchtet.

Eine Hand legt sich auf ihre Schulter.

Sein Geruch, sein Lachen. Seine Berührungen.

Er tippt auf ihre knallrot geschminkten Lippen: „Warum hast du dich so verfremdet? Für deine Großmutter? Ich glaube, sie hätte dich lieber ganz natürlich."

Ein kurzes Leuchten in seinem Blick, dann wird er ernst: „Deine Mutter hat mich angerufen", Jarek schaut auf seine Uhr, „deine Großmutter ist vor etwa drei Stunden verstorben."

Sie schluckt, sie versucht durch die Nase zu atmen, sie will nicht weinen. „Omama …", setzt sie an und wischt sich die Tränen aus den Augenwinkeln, an ihrem Handrücken zeigen sich die schwarzen Schlieren der verlaufenen Wimperntusche. Durch den Schleier ihrer Tränen tanzt dicht über ihr im Wandspiegel Jareks Gesicht auf und ab, verschaukelt sich wie Blasen auf einer Wasseroberfläche.

Sie steht auf, sieht, wie sein Blick über ihren Körper gleitet.

Eine steile Falte zwischen der Nasenwurzel, tritt er einen Schritt zurück, hebt mit dem Finger ihr Kinn in die Höhe – so wie ihr Vater, wenn sie gegen Mitternacht erst nach Hause kam.

Nur die Frage ist eine andere …

Sie greift nach der Hand, deren Finger gerade noch an ihrem Kinn lagen und zieht ihn nach draußen, hin zu der Ligusterhecke, dort wo zur Mittagszeit die Kettenraucher stehen und jetzt am Boden ihre Markierungen hinterlassen haben.

Als sie seine Hand freigibt, legt er beide Arme um sie und sie spürt seine Lippen auf den ihren.

Vorsichtig fragende Worte.

Wie damals: Darf ich dich ins Kino einladen?

Eine bekannte Melodie, die die verborgene Tür in ihr aufstößt. Es quillt heraus, strömt, bahnt sich einen Weg zu ihm. Sie redet in Silben, Worten, Sätzen: „… ich konnte nicht, … nicht reden, …

nicht frei denken, nicht …, ich weiß es nicht." „Oświęcim", sagt er, „ich war da noch nie." Das Wort Auschwitz meidet er.

Sein Blick fällt in den ihren, fällt und fällt, und fällt. Sie legt vorsichtig seine Hand auf ihren Bauch: „Ein Kind, unser Kind." Ein prüfender Blick. Jarek strahlt.

Als sie auf der Straße stehen, nimmt er ihren Arm: „Gehen wir durch den Park?" Einen Moment ist ihr, als käme die Frage aus Findleys Mund. Ein leichtes Schwindelgefühl.
Auf dem Spielplatz fröhliche, lachende Kinder, neben dem Klettergerüst, die Großmutter. Eine Lichtgestalt.
Sie greift nach Jareks Hand, eine Hand, an der sie sich festhalten kann. Groß, stark und warm.

Schon einmal, vor zirka einem halben Jahr, hatte man Findley festgenommen. Er hatte ihr mit brüchiger Stimme von der Festnahme erzählt. Zwischen den Worten ließ er lange Pausen, in denen seine blutlos wirkenden Lippen sich bewegten, als sprächen sie stumm:

Deine Augen wissen es schon, bevor das Bild langsam über die Nerven in die Gedanken gekrochen kommt. Dein Herz schlägt. Du denkst, du hoffst. Doch wie sie die S-Bahn betreten, wie sie sich dir nähern, wie sie deine Aufenthaltsgenehmigung sehen wollen … da weißt du, du bist verloren.

Ihr war es damals, als stießen seine Wortketten gegen kalte Gefängniswände, als suchten sie den Weg nach draußen:

Residenzpflicht, eines der Worte, das du so nicht im Lexikon findest. Zwanzig Kilometer, die hättest du lieber zu Fuß zurücklegen sollen.

Sie machen ihren Job gut. In eine Uniform gesteckt, werden sie zu herzlosen Wesen. Ein roter Klumpen, der unter dem Tuch tickt, wie ein mechanisches Uhrwerk. Vielleicht bekommen sie Geld, für jeden Schwarzen, der sein zugewiesenes Bundesland verlassen hat? Warum sonst suchen sie die Bahnen Tag und Nacht nach Asylanten ab. Politischer Widerstand in Südkamerun, Widerstand gegen Verfolgung und Folter. Wissen diese Leute, was das bedeutet? Du würdest es ihnen gerne erklären, weil sie so unwissend sind. Und ihre Haut so weiß …

Deutschland … Ein Fünkchen Hoffnung. Ein neues Wesen sein. Das Drama hinter sich lassen. Das große Drama des Aufbruchs, des Fortgehens, der Flucht. Wie sie auf dich zukommen. Da spürst du sie wieder, die alte Angst, und mit der Angst alten Schmerz.

Wie sie dich aus dem Waggon heraus und auf den Bahnsteig schupsen, wie du versuchst, die Blutung der Platzwunde auf deinem Gesicht zu stillen, wie man dich anstarrt. Das alles nur, weil deine Wachsamkeit nachgelassen hatte, dein Blick auf den Skinheadlook fiel, du dich sicher fühltest, in den Gesichtszügen der Uniformierten einen Hauch von Angst zu erkennen glaubtest, Angst vor den Springerstiefeln.

Ihm kippte beim Reden die Stimme weg, er presste die Lippen aufeinander und wartete – schluckte, holte tief Luft:

Seit deiner frühesten Kindheit hattest du dir nichts anderes gewünscht, als frei zu sein. Nicht schwarz, nicht weiß, einfach frei und du selbst.

Jarek hat seinen Arm um ihre Schultern gelegt. Der Kieselsteinweg führt durch Wiesen, links und rechts struppige Bäume und Büsche, ein kleiner See mit Springbrunnen.

Dann geht es leicht bergauf. Als sie oben an dem Rondell stehen und auf die Stadt schauen, kennt er Findleys Geschichte.

„Ich muss zur Polizeistation", sie schaut auf die Uhr, deren Zifferblatt in der Dämmerung des Abends kaum noch zu erkennen ist.

„Wie willst du ihm helfen?"

Und plötzlich schiebt sich ihr eine Idee dazwischen: Das Schillertheater! Der Intendant! Doch den Gedanken behält sie vorerst für sich.

Jarek nimmt ihren Kopf in beide Hände, so fühlt sich Geborgenheit an, denkt sie. Er lächelt: „Ja, ja, die Gene. Schon Mateusz und dein Großvater wollten die Welt verbessern."

Der orangefarbene Himmel hat einen leicht violetten Schimmer bekommen, als Jarek weiterredet: „Ich bin auf der Suche nach einer Wohnung in Berlin ...", er stockt, zeigt auf ihren Bauch: „Wann kommt es?"

Sie lächelt und springt gedanklich zu der Zeitungsannonce: „Ich habe mir heute Mittag auf dem Bahnhof eine Broschüre gekauft, um mich über Asylrecht und Asylverfahren kundig zu machen, unter anderem kaufte ich die Tageszeitung", ihre Worte stolpern fröhlich durcheinander: „Zufällig ...., na ja, wirklich ganz zufällig, habe ich den Anzeigenteil gelesen. Und da ist mir ein Inserat ins Blickfeld geraten." Annika kramt in ihrer Umhängetasche:

„Stell dir vor, das Häuschen, in dem meine Großeltern einmal wohnten, es steht zum Verkauf."

Die Wahrsagerin fällt ihr ein.

„Vielleicht können wir ein Wochenendhaus brauchen? Unsere Kinder könnten im Garten herumtollen … "

Sie spürt seine Lippen auf den ihren.

Über ihr im Geäst zwitschert ein Meisenpaar, und als wolle es mittun, lässt eine Meise einen weißen Klecks vor Jarek niederfallen.

Jarek lacht und schaut nach oben.

„Weißt du, dass die Augen eines Vogels die Hälfte seines Gehirns einnehmen?"

XI

Furcht vor der Nacht.
Furcht vor den Alpträumen.

Ich habe damals in seinem Gesicht Trost gesucht.
Und als er vor mir steht,
sehe ich Leid und Hunger und Verletzung.

Er hatte seine eigenen Bilder der Angst.
Seine zitternde Stimme im Dunkel der Nacht:
Ich habe Menschen getötet ...

Wir halten uns an den Händen.

Demnächst, werde ich ihn wiedersehen.

Ich werde erzählen.
Alles.
All das, wovon er nichts weiß.

Er wird verstehen.
Ich bin mir sicher, er wird mich verstehen.

Karin

An diesem Morgen ist sie auf kein Taxi angewiesen. Sie hat die Abkürzung über die Goethestraße genommen, ihr war jedoch entfallen, dass dort eine Baustelle mit Ampelregelung ist.

Das Rot schaut, als habe es vergessen grün zu werden.

Ihr Radio saugt eine CD ein: Mozarts Requiem. Das Kyrie macht das Auto für einen Augenblick zum Konzertsaal.

Es gibt Melodien, die darauf warten, Gedanken zu verbinden. Schwarz mit weiß, hoch mit tief.

Für ihre Mutter war es wohl die Musik. Wenn sie an ihrem Klavier saß, lächelte sie, schien weit weg. Sie tastete sich auf der Tastatur vorwärts, wie auf einer unentdeckten Landschaft. Drückte mal schwarz, mal weiß, mal kurz, mal lang.

Sie erinnert sich, wie die Eltern sie zu einem Konzert in die Stadt mitgenommen hatten. Sie war gerade dreizehn.

Klavierkonzert von Mozart. Sie hatten einen Platz im Rang, erste Reihe. Sie konnte der Pianistin direkt auf die Finger sehen. Mal schwarz, mal weiß, mal kurz, mal lang. Ihre Finger liefen über die Tasten, als wolle sie ihr Publikum mit einem fliegenden Teppich in ein fernes Wunderland entführen.

Vielleicht wäre die Mutter gern Pianistin geworden?

Der Krieg …, nun ja. Mutters Worte, nie vollendet. Im hohen C ein befreiender Schrei?

Hätte sie fragen sollen? Vielleicht …

Einmal hatten sich Mutters Augen in ihre Arztpraxis verirrt. Eine Patientin lag bewusstlos auf der Liege im Untersuchungszimmer. Schwester Kerstin rief nach ihr: Frau Doktor, schnell …

Die Schwester hatte die Manschette des Blutdruckapparates schon angelegt, das Stethoskop in den Ohren … Sie kam, fühlte den Puls, ging zum Medikamentenschrank, zog die Beruhigungsspritze auf. Als sie eine Infusion anlegte, öffnete die Patientin die Augen, Karin sah plötzlich ihre Mutter, ein nach innen gekehrter Blick und der allzu bekannte, verbitterte Zug im Bereich der Oberlippe.

Schwester Kerstin, übernehmen Sie! Der Zustand der Patientin ist jetzt stabil, Blutdruckkontrolle, Puls, wenn Komplikationen auftreten, rufen Sie mich!

Sie hatte mit ungewöhnlich schroffem Ton ihre Anordnung getroffen und war in die Wartezone gegangen, um Herrn Müller aufzurufen.

Herr Müller – den sie auf das Fahrradergometer setzte – der mit seinem Witz und Humor ihren Tag rettete.

Da waren sie wieder: Erinnerungen an die Kindheit. An das erfolglose Zelebrieren ihrer Clownsnummer.

Ausgebrochen aus dem Kinderzirkus, machte sie sich zum Zuschauer.

Handbremse lockern. Gaspedal.

Bremse.

Nur wenige Autos sind ins Grün gerutscht.

Der letzte Besuch fällt ihr ein, wie die Mutter am Fenster in Vaters altem Ledersessel sitzt. Wie sie auf den blühenden Kastanienbaum schaut, ein grüner Fleck zwischen grauen Häuserwänden. Schaute sie? Die Augen schienen bewegungslos in dunkel entfernte Welten gerichtet.

Sie erinnert sich, wie sie ihr im Bad zur Hand ging. Wie sie ihr die Wäsche wechselte. Wie mager sie aussah, die Brüste nur noch schlaffe Beutel. Das dünne Haar zu einem Büschel nach oben gesteckt. Wie sie die Mutter mit Hirsebrei fütterte, wie sie sie ins Bett brachte, die Bettdecke an den Schultern festgezurrt. Wie sie vorsichtig die Hand auf das dünne Haar gelegt hatte.

An jenem Abend vor einer Woche stand sie, nach dem Besuch bei der Mutter, auf der Straße am Auto, den Autoschlüssel in der Hand: Ich brauche Ablenkung. Sie stützte sich an der Wagentür ab, verhandelte mit sich: Vielleicht auf ein Glas Wein mit der Freundin in ein Kneipchen, oder ins Kino?

Sie saß schließlich allein im Weinrestaurant und stocherte mit dem Trinkhalm in ihrem Martini.

Mutters Traueraugen gepaart mit Schuldgefühlen lagen neben dem Glas. Unbeweglich. Starr.

Andreas, kannst du kommen? Ins Weinrestaurant. Bitte … Ach ja, ich weiß … Stammtisch.

Sie hatte resigniert das Handy neben sich gelegt und fixierte die goldgelbe Oberfläche ihres Getränkes als handle es sich um ein Fluchtloch, durch das sie wegtauchen könne.

Als sie den zweiten Martini in der Hand hielt, spiegelten sich in dem Glas freundliche Augen, zwei kleine leuchtende Sonnen: Andreas …

Sie spürte die Vertrautheit.

Erinnerst du dich? Wir saßen hier Abend für Abend – das Anatomiebuch in der Hand –, ich hatte dich abgefragt.

Anatomie des Herzens.

Sie nippte an dem Drink, lachte: Heute würde ich durchs Examen fallen. Aufbau, Funktion, Erkrankung. Das pathologische Herz …

Das war vor einer Woche.

Ach, Andreas …, wo warst du gestern? Wo bist du heute? Ich könnte dich brauchen!

Sie wird ungeduldig.

Zwischen dem Blech schimmert schon wieder Rot. Rushhour – sie hätte auch später losfahren können. Ein Blick auf das Handy, das stumm neben ihr liegt …

Der Stationsarzt hätte angerufen, wenn es kritisch wäre.

In diesem Moment sieht sie am Bahnhof Mitte die S-Bahn einrollen.

Sie schert heraus aus der Autokarawane, fährt auf den Parkplatz des Supermarktes, öffnet hastig den Sicherheitsgurt, greift nach der Tasche, stellt ihr Auto ab, springt aus dem Wagen und läuft zur

Bahnstation, als müsse sie alle Langsamkeit des Morgens aufholen.

„Wir müssen intubieren." Dr. Uwe Weller kommt ihr im Krankenhausflur entgegen. „Keine andere Alternative? Lass mich erst einmal zu ihr schauen." Sie nimmt die Hand der Mutter, sucht nach dem Puls. Ihr ist, als würden die knochigen Finger mit letzter Kraft ihre Hand drücken. Als sei die Zeit verdreht worden, als rücken die vergangenen Jahre nicht weit weg, sondern springen hervor.

Was ist Zeit? Ein Augenblick und dahinter gleich noch einer und noch einer und noch einer. Gelebtes Leben. Die Mutter öffnet die Augen, ihre Augen lächeln … Dann kippt ihr Kopf zur Seite. Ein weißer Fleck, ein Loch in der Zeit.
Sie hebt die Bettdecke: Brust, Bauch, Körperteile. Ihr prüfender ärztlicher Blick.
Dann wickelt sie die Bettdecke eng um die Tote, als wolle sie sich für ihre Gefühllosigkeit entschuldigen.

Alle Bitterkeit ist weggewischt wie die Tropfen auf der Fensterscheibe nach einem Regenschauer. Sie verlässt das Krankenzimmer …
Für den Totenschein ist hier jemand anderes zuständig.

XII

Müdigkeit strömt in meinen Körper.
Eine Hand berührt meinen Arm.

Worte, losgelöst voneinander, flattern um mich herum.

Meine Seele ist aus dem Körper ins Freie geflüchtet.
Kerzen flackern müde an Wänden.

Im Schein der schwachen Flammen tanzen Lichtgestalten.
Ich schwebe, aus der Tiefe befreit.

Wie durch einen Nebelschleier sehe ich Hände, spüre,
wie sie mich halten.
Zeit steht still.

Ich bin da angekommen, wo der Himmel beginnt ...,
wo Licht und Dunkel ineinanderfließen.
Wo Freiheit ohne Grenzen ist.

Andreas

Er hört Stimmen …,
vielleicht erzeugen die Bücher in den Regalen
seines Arbeitszimmers Laute?
Plötzlich sitzt seine kleine Tochter auf dem zer-
fransten Orientteppich neben dem Schreibtisch … Augen, die gnadenlos wie zwei grelle
Scheinwerfer alle seine Schwächen ausleuchten.

Erinnerungen überlagern sich, wie wenn man
Folien übereinander legt. Mit jeder Folie ein neues, ein anderes Bild.

Sie fragt mit ihrer Kinderstimme, ob er sich
noch entsinne, wie sie beide im dunklen Raum
des Puppentheaters saßen, wie auf der Bühne der
Wolf aus dem dunklen Wald kam und mit Rot-
käppchen sprach. Wie sie nach seiner Hand gesucht hatte, sich ängstlich an ihn klammernd?

Er erinnert sich vage, dass seine Gedanken bei
Zahlen und Logarithmen waren und er neben
seiner Tochter im Dunkel sitzen musste, weil
Karin Dienst hatte.

Nun hockt die erwachsene Tochter im Schnei-
dersitz auf dem Fußboden, wippt mit den Schultern vor und zurück, und wartet auf eine Antwort. Schließlich entflechtet sie ihre geschmeidi-

gen Beine, lässt die Kaugummistimme zischeln: Du denkst nur an dich! Hast du jemals nach meinem Studium gefragt? Sie lacht.

Kein wirkliches Lachen, sondern eher ein Geräusch, das die Stille füllen soll. Sie sitzt auf dem Schoß eines blonden Jungen, der seine Hand unter ihre Bluse geschoben hat. Sie lackiert sich die Fingernägel: Du interessierst dich nicht für mich! Sie betrachtet kritisch ihre roten Nägel und wedelt dann mit der Hand durch die Luft, als wolle sie eine lästige Fliege verscheuchen. Als sie die Finger krümmt, sieht es aus, als würde sie sich am Bücherregal festkrallen.

Ein Glucksen, dann ist die Stimme brüchig, monoton, ein wenig säuselnd: Wozu reden? Da gibt es nichts mehr zu reden. Aus. Vorbei. Die Tochter schaut gelangweilt durch ihn hindurch. Nebelschwaden vor seinem Auge. Es gurrt leise, und beide Mädchen verschwinden langsam hinter den Bücherregalen.

Ein Kind ist ein Wesen, in das du alles hineinstopfst – Dinge, die du nicht hast und gerne hättest, Dinge, die du hast, und lieber nicht hättest, deine Augenblicke der Leere, deine Ängste …

Er beschließt in den Garten zu gehen, holt den Rasenmäher aus dem Schuppen, ein kräftiges Rucken – einmal, zweimal, der Rasenmäher will nicht anspringen. Er zieht und zieht: Reißleine ziehen, denkt er.

Endlich eine blaue Abgaswolke und das Gedröhn des Motors. Das Messer köpft kraftvoll die Halme. Ein rotierender Schnitt in rollender Geschwindigkeit. Seine Gedanken drehen sich im Kreis. Der Mäher hält bei den Gänseblümchen inne, will gewohnheitsgemäß umrunden, blühende Inseln. Andreas kennt keine Gnade, nicht heute. Bedingungslos, kraftvoll steuert er zum unschuldigen Weiß.

Ein lautes Knirschen, ein Krach. Der Rasenmäher will nicht mehr. Andreas stößt mit dem Fuß gegen den Motor, dann kippt er den Mäher auf die Seite und sieht zwischen Gräsern einen Stein liegen, seine Maserung erinnert an Jahresringe eines Baumstammes. Sein Ärger über diesen verlorenen Tag suhlt sich in Schimpfworten.
Grasballen klemmen zwischen Stahlmähdeck und Messer. Er setzt sich auf die Gartenbank, hält beide Hände vor das Gesicht. In seinen Schläfen pocht es, als stecke sein Kopf in einem Schraubstock.

Irgendwo von einem der Nachbarhäuser dringt aus einem offenen Fenster laute Musik. Eine Männerstimme stöhnt, der Rhythmus pocht unregelmäßig wie ein krankes Herz.

Andreas schaut auf den zur Seite gekippten Rasenmäher, dann auf seine Uhr.

Was wollte die Tochter eigentlich von ihrer Mutter?

Er könnte die Arzthelferin in der Praxis anrufen, könnte fragen, ob sie mit dem neuen Computersystem zurechtkäme, und so ganz nebenbei, ob seine Tochter angerufen hätte.

Er geht ins Haus. Eine vage Hoffnung, dass das rote Lämpchen des Anrufbeantworters blinkt … unsinnig natürlich. So nimmt er den Hörer, wählt die Nummer und wartet: Unsere Praxis ist heute geschlossen. In dringenden Fällen wenden Sie sich …

Dachte er es sich doch!

Verzweifelt setzt er sich noch einmal an seinen Schreibtisch, wirft den Computer an: Eine Bedrohung wurde gefunden, *Avast! Free Antivirus* ... Auf Technik ist Verlass, denkt er, und leert den

Papierkorb. Er schaut die Mails durch. Kurt erinnert ihn an das dienstägliche Treffen des Autorenforums. Er hat es doch glattweg vergessen. Ein Blick auf die Uhr sagt ihm, dass er eilen muss. Er ist nicht einmal mehr pünktlich, obwohl die Pünktlichkeit ihm wie eine Krankheit sein Leben lang anhaftete.

Sie trafen sich einmal in der Woche im Ratskeller. In einem separaten Raum war jeden Dienstagnachmittag für die Senioren ein Tisch reserviert. Seitdem er ein erstes Sachbuch veröffentlichen konnte, es sich gut verkaufen ließ, lud man ihn zum Forum ein.
Die bekannten Autoren der Stadt, die man an einer Hand abzählen kann, ließen sich eher selten blicken.

„Wie war dein Tag?" Kurt schaut auf die Uhr, als Andreas sich setzt.
„Hattest du Stress?"
„Mein Tag? Ich glaube, er würde dich langweilen. Ich erlebe einfach nicht viel. Ich stehe auf, mache der Frau das Frühstück, setze mich an den Computer, schaue aus dem Fenster in andere Fenster." Heute habe ich im Garten den Rasen ge-

mäht. Besser, ich wollte ihn mähen. Doch letzteres denkt er nur. Schon mag er sich gar nicht mehr unterhalten.

Man bestellt sich Bier. Er nimmt einen Espresso und ein Mineralwasser. Nach Bier ist ihm heute nicht zumute.

Langsam kreisende Gespräche, Hartmut, der Kurator des Heimmuseums hämmert sein Lachen laut und satt in den Raum – worum es eigentlich geht, hat wohl keiner so richtig erfasst, es lacht niemand mit.

Gerd spricht über sein Projekt, manchmal wirkt es als verstecke er sich hinter seiner Brille, als wolle er verschwinden hinter seinen eigenen Worten. Sein Exposé, wie allgemein festgestellt wird, ist viel zu lang geraten. Dann gibt er eine Leseprobe zum Besten.

Kurt hat Bratwurst mit Sauerkraut und Bratkartoffeln bestellt, schneidet an seiner Wurst herum, schiebt ein Stück auf die Gabel, sehr langsam, weil er die Lesung nicht durch etwas Profanes wie Essen entwerten will.

Andreas gießt sich sein Glas voll und trinkt es in einem Zug aus, aber ruhiger wird er nicht.
Er denkt an sein Manuskript, das er in den Papierkorb werfen wollte, blättert in Gedanken in

dem Monolog, löst sich in seinen Protagonisten auf, dessen Geschichte ihm zurzeit besser gefällt als seine eigene.

Dann redet Kurt. Kurt, der jede Katastrophe in beschriebenes Papier verwandelt. Er hat die letzten Kartoffelstückchen in den Mund geschoben, schiebt den Teller zur Seite: Er habe sein Buch „Wolken über Addis Abeba" fertig gestellt und ein neues Projekt im Blick. Es gäbe einen Interessenten für das fast eingefallene spätbarocke Haus in der Mönchsgasse. Ein Antiquitätenhändler hat das Haus gekauft und will es Stück für Stück restaurieren. Um Sponsoren zu bekommen, wird er gemeinsam mit der Stiftung Denkmalschutz eine Fotoausstellung in den Räumen organisieren: Äthiopien. Er lässt ein Flyer herumgehen. Auf dem Titelblatt sieht man zwei dünne, schwarze Kinder in einer ausgedörrten, bleichen Landschaft.

Typisch Kurt, wenn er einen Plan hat, geht alles ganz schnell. Andreas bewundert Kurts Enthusiasmus, und denkt: Eigentlich müsste er auch einmal wieder etwas Richtiges tun.

Kopfrechnen-Schlange ... ein Nebelgesicht steigt vor ihm auf. Der runde Tisch schwankt wie bei einer Séance. Biergläser verharren in der Luft. Vibrierende Hände über der Tischplatte. In seinem Kopf schwirren Zahlen herum. Dann lösen sich die Zahlen auf. Das Schattengesicht sitzt auf einem Stuhl in der ersten Reihe. Die Aula ist bis auf den letzten Platz besetzt. Abiturabschluss.

Das Aufsatzthema: Die menschlichen Werte in Goethes Faust. Er hatte den besten Aufsatz des Abiturjahrganges geschrieben. Er las, saß auf einem Stuhl, neben ihm ein Tischchen, ein Wasserglas und die Leselampe. Er saß da, wie mit einem unsichtbaren Strick an den Stuhl gefesselt. Er las die Einleitung, war mitten im Hauptteil, da stand sein Vater auf und ging nach draußen. Der Vater, der die ganze Zeit unruhig auf seinem Stuhl hin- und hergerutscht war, einen kritischen Blick auf seine Taschenuhr geworfen hatte, er war aufgestanden, seine Sportschuhe machten flippende Geräusche auf dem Linoleum, und als er die Aulatür zugezogen hatte, fiel irgendwo eine Stecknadel zu Boden.

Andreas hatte Goethes Mephistopheles beleuchtet; Gut und Böse, Gott und Teufel ... Was ließ den Vater nach draußen gehen? Fehlten ihm die marxistisch-leninistischen Anschauungselemente? Oder fehlten die Zahlen, die Fakten?

Indem er weiter las, lockerte sich sein Körper als hätte der Vater den Strick mitgenommen. Er lehnte sich zurück, schlug die Beine übereinander. Als er geendet hatte, tosender Beifall im Saal, sein leicht gebeugter Rücken streckte sich, als der Schuldirektor ihm eine Urkunde überreichte.

Die Seance in seinem Kopf – die Schattengestalt, die Tischplatte hat sich beruhigt.

Er sitzt wieder in der Zeit ...

Fragende Blicke auf ihn gerichtet.
Er ist an der Reihe und weiß nicht wie er anfangen soll. Die Gedanken zerplatzen ihm wie die Blasen in seinem Mineralwasser. Er schaut zu Hartmut, der immer gern das Gespräch an sich reißt, mehr Nebensätze als Hauptsätze, wo nie ein Ende in Sicht scheint. Doch Hartmut ist heute ungewöhnlich ruhig. Ein Blick zu Kurt, wie zu einem Rettungsanker. Schließlich halten sich seine Augen an der Tapete fest, dort wo ein Hirsch im Goldrahmen jeden Dienstag zu ihm herüberschaut: Ihr seid eigenartige Lebewesen, übt jeden Tag auf zwei Beinen zu stehen und tut so, als wäre der aufrechte Gang ganz einfach.

Er zögert, beginnt, zerteilt beim Reden mit den Händen die Luft wie einen Vorhang und versucht ganz unvorbereitet, den Unterschied zwischen den Geschlechtern zu erklären. Eine Recherche über das Interdisziplinäre Zentrum für Frauen- und Geschlechterforschung.

Man hört ihm verwundert zu, als erkläre er ihnen die Formel der Weltgeschichte.

Gegen 18 Uhr steht er wieder vor seinem Haus, bringt das Fahrrad in den Keller … Karin müsste heute schon vor ihm da sein. Sein Herz zappelt. Bleib ruhig, sagt er sich, mach aus dem Splitter in deinem Herzen kein Schwert.

Die Wohnung ist leer. Er steht im Wohnzimmer als sei er ein Möbelstück und wisse nicht genau, wohin es passen könnte.

Bleib ruhig, sagt er sich noch einmal mit Nachdruck und geht in die Küche.

Heute wird er nur für sich allein den Tisch decken. Einen erneuten Spiegeleierbratversuch starten. Oder er könnte nebenan zum Italiener essen gehen. Er hatte lange keine Pizza mehr gegessen … Oder?

Nein, doch lieber die Spiegeleier, nach Kneipe ist es ihm jetzt nicht zumute.

Indem er sich einen Abendbrotteller auf den Tisch stellt, Besteck dazulegt, sieht er den Zettel neben der Obstschale. Den bekannten Pharmareklamezettelblock seiner Frau, auf dem sie sich immer gegenseitig ihre Nachrichten mitteilten. Er sieht ihre Handschrift, das Datum ist von gestern Mittag: Mutter im Krankenhaus, es geht ihr sehr schlecht, ich nehme eine Taxe. Holst du mich ab? ... St. Elisabeth-Klinikum.

Das Knurren im Magen verwandelt sich umgehend in Schmerz. Steine, die von seinem Herzen plumpsen könnten, fallen jetzt auf sein Gewissen. Fieberhaft sucht er in der Wohnung nach seinem Handy. Das verdammte Handy. Er hatte es gestern wieder nicht dabei.

Er läuft in den Flur ans Telefon, wählt Karins Nummer, jedoch da meldet sich niemand.

Er nimmt die Jacke vom Haken, ... wie spät ist es eigentlich? Da Karin heute das Auto hat, muss er das Fahrrad noch einmal aus dem Keller holen. Er überlegt: Wenn er durch den Stadtpark fährt, könnte er das Krankenhaus in zwanzig Minuten erreichen. Er tritt in die Pedale.

... vor vierzehn Tagen hatte Annika noch die Großmutter im Pflegeheim besucht. So hatte er es aus dem Telefongespräch zwischen Mutter und Tochter herausgehört.

Er will jetzt nicht darüber nachdenken, wo Karin am ersten Mai ..., die Gedanken darf er nicht zulassen. Nicht jetzt.

Er konzentriert sich ganz auf den Radweg, auf die Unebenheiten im Asphalt, auf seine Frau, die am Sterbebett ihrer Mutter sitzt.

Als er vor dem Eingangsbereich des Klinikums steht, auf die Fenster des Krankenhaustraktes starrt, ist ihm, als warte er auf eine verschlüsselte Botschaft.

Er lehnt mit dem Fahrrad am Laternenmast, den Eingangsbereich im Blick. Krankenhäuser flößen ihm seit jeher Furcht ein. Besucher kommen und gehen, ein Notarztwagen fährt vor. Ärzte und Helfer in orangefarbenen Westen eilen an ihm vorbei. Der Krankenwagen fährt erneut mit

Blaulicht davon. Er könnte an der Pforte fragen – Name, Station …

Die Botschaft erschließt sich ihm durch das vertraute Klacken der Sandalen auf den Granitstufen. So wie die Fluggäste das Gesicht einer Stewardess studieren, wenn ein Flugzeug geschüttelt wird, versucht er Karins Gesichtsausdruck einzufangen, stürze ich ab?

Sie kommt auf ihn zu. Ernst, traurig. Dann schaut sie ihm direkt in die Augen.

Ein schelmisches Lächeln: „Weißt du, diese kleinen Telefone, die man im Volksmund Handys nennt, die funktionieren auch unterwegs. Deswegen kaufen die Leute sich diese Dinger."

Und mit einer Handbewegung zu seinem Fahrrad: „Fährst du mich zum Supermarkt? Parkplatz Goethestraße. Dort steht mein Auto."

Sie schwingt sich auf die Querstange seines Fahrrades, hält sich mit einer Hand am Lenker fest, die andere liegt auf seinem Rücken.

Wie in ihrer Studentenzeit.
… er tritt in die Pedale.
Langsamer, bedächtiger jetzt.